赤川次郎

忙しい花嫁

実業之日本社

実業之日本社文庫

目次

忙しい花嫁

プロローグ

「どこ見て歩いてんだ、この野郎！」

「キャッ！」

「あ――」

「何だ、塚川《つかがわ》君か」

この小さな衝突事故は、まだ夏の息吹《いぶ》きがアスファルトに照り返す九月の十七日、金曜日の午前十一時に起った。

もっとも、当事者は双方とも徒歩であったので、負傷者はなく、被害は、参考書、並びにノートが数冊、落ちて少々汚《よご》れたにとどまった。

「悪い悪い」

本来なら、女性――塚川亜由美《あゆみ》の方がぼんやりしながら歩いてたのが悪いのだが、男性と女性がぶつかった場合には、どうしても、男性の方が謝ることになる。

特に有賀雄一郎《ありがゆういちろう》は塚川亜由美と同じ大学の同じゼミにいて、しばしば亜由美のノートを写させてもらっているという弱味があるので、急いでノートを拾い上げ、汚れを叩《たた》き落とした。

「ありがとう。——何をそんなに急いでるの？」

と、亜由美は言った。

「別に急いじゃいないよ。君がのんびり歩いてるからさ」

と、有賀雄一郎は笑って、「ゆうべ飲み明かしたんだろう」

「有賀君じゃあるまいし」

亜由美は言い返して歩き出した。

「——じゃ、どうしてぼんやり歩いてたのさ？」

と歩調を合わせる。

「何だか気になるのよね」

「何が？」

「それが分らないから苛々《いらいら》してるわけ」

亜由美は眉を寄せて、小さく首を振った。「何か用事があったような気がするのよね。いくら考えても思い出せないの」

「僕《ぼく》から借りた金を返す期限だったんじゃないか？」

「けっとばすぞ」

と、亜由美は有賀雄一郎をにらんだ。

塚川亜由美は、私立大の文学部に通う二年生――十九歳の娘である。スラリと背が高く、一緒に歩いている有賀雄一郎とほとんど変らない。

キュッと髪を上げてヘアバンドで止めているので、広くて形の良い額がくっきりと光っている。目は――今日のところは少々寝不足《ねぶそく》でトロンとしているが、本来なら笑うとキラッと輝く、活《い》き活きとした瞳の持主なのである。ちょっと丸っこい鼻と、いたずらっ子のような真一文字の唇。

これに若さというニスが塗《ぬ》られてつややかに光っているのだから、魅力的でないはずがない。

「何だったかなあ。――ああ、気分悪い」

と、亜由美はため息をついた。

「大学へ着いたらきっと思い出すよ」

と、有賀雄一郎が慰めた。

「何だかねえ……今日は大学へ行っちゃいけないような気がするの」

「どうして?」

「それが分りゃ苦労ないのよ」

「レポートやってないとか、テストの準備してないとか……」

「そんなの、さぼったことないわ」

「じゃゼミかクラブか……。あ、クラブっていやあ、田村《たむら》さん結婚すんだって？」

「それぐらい知ってるわよ」

「相手の女、知ってるかい？　噂《うわさ》じゃね――」

と、有賀が言いかけて、「どうしたの？」

亜由美がピタリと足を止めて、

「そうだ……いけない！」

と声を上げた。「今日、田村さんの結婚式に招待されてるんだ！　忘れてた！」

亜由美は、あわてて駅への道を駆《か》け出した。

呆《あき》れたようにそれを見送っていた有賀は愉快そうに笑って、

「あれじゃ、当人はまだまだだな」

と呟《つぶや》いた。

亜由美は、すれ違う人が驚いて振り向くほどの勢いで、走っていた。

多少――と一応言っておこう――おっちょこちょいのところが、このヒロインにはあるのである……。

ちぐはぐな取合せ

何だか、まだ息が切れてるみたい。

亜由美は披露宴の席についていても、しばらくは料理に手がつけられなかった。洋食のフルコースなので、それまでに出た、オードブルだのスープだのが、目の前に並べられている。猛スピードで着替《きが》えをして、タクシーを飛ばして来たので、辛《かろ》うじて一時間ほどの遅れで駆けつけることができた。

それにしても……どうしてこうあわてん坊なのかしら、私は、と亜由美は我ながら感心している。普通、女の子なら結婚式に出るというのは大好きで、何日も前から、あのドレスにしようか、この振袖《ふりそで》にしようか、と楽しく思い悩むものなのに、こともあろうに当日になってケロリと忘れてしまうなんて……。

お母さんだって、一言注意してくれりゃいいんだわ、本当に！　亜由美は八つ当りした。

亜由美の母、塚川清美《きよみ》は至《いた》って社交的な性格で、大体昼間家にいたためしがないのだから、苦情を言ったところで仕方ないのだが。

「――どうしたのよ?」

と、隣の席にいるクラブの三年生、桜井《さくらい》みどりに訊《き》かれて、

「ちょっと電車の事故で」

と、亜由美は言い訳した。

運良く、披露宴は新郎新婦がお色直しで中座《ちゅうざ》しているため、もっぱら食事をしながら雑談という状態であった。

少し息切れも直って、冷めたスープを飲んでいると、

「ねえ、花嫁さん、見たことある?」

と、桜井みどりが声をかけて来た。

「いいえ。今日が初めて」

「美人よ。ちょっと田村さんにはもったいないくらい」

「まあ、悪いわ」

と、亜由美は笑った。

「だって本当なんだもの。でも何か――こう、イメージ違うのね。田村さんが選ぶのなら、全然別のタイプの人かと思った」

田村久哉は、亜由美の所属している〈西洋の中世史研究会〉の先輩である。

今年、学部を卒業して就職したので、三年先輩ということになるが、年齢的には一浪

組なので四つ上の二十三歳である。

部長をやっていて、新入生の面倒を良くみてくれるので、女性部員にも人気があった。しかしそれは男性としての田村に人気があったということではない。ずんぐり型の体型、いかにも人柄を表わしている穏やかな丸顔、極度の近視で、度の強いメガネをかけている、という外見からは、女性にもてるプレイボーイとは正反対の印象しか与えられない。

女性にとっては、「絶対安全、人畜無害」という意味で、何かと頼りにされていたのである。亜由美のように、ちょっと男っぽいところのある娘にとっては、魅力を感じるところまではいかなくとも、妙にキザったらしいプレイボーイタイプの二枚目よりはよほど付き合いやすかった。

「どこで知り合ったのかしら」

と、亜由美が言うと、桜井みどりは、口惜《くや》しそうに、

「それが全然分らないのよねえ」

と首を振った。

亜由美は笑いをかみ殺した。桜井みどりはゴシップにかけては絶対に他人にひけを取らないと自負する情報通で、それでいて田村の結婚相手のことが良く分らないというのは、正に屈辱《くつじょく》以外の何ものでもないのだろう。

「ただ、急に決ったことだけは確かよ」

と、桜井みどりは言った。「前もって全然噂も聞かなかったんだから」

それは確かだろう。亜由美も招待状を見て初めて田村の結婚を知ったのだから。

「何か複雑な事情がありそうよ」

というみどりの言葉は、たぶんみどりの希望的観測だろうが。

それに、田村の両親は確か学校の教師のはずだ。それにしては豪華な——いや、いささか派手《はで》に過ぎるような披露宴である。

ホテルの広間で、客の数も百人は下るまい。かなりの費用がかかっている。今年就職したばかりの田村に、とても負担できるはずはない。——花嫁がよほどの資産家なのか。招待状では、花嫁の名は増口淑子《ますぐちよしこ》とあった。もちろん、名前だけでは何一つ分らないけれど。

会場にエレクトーンの響きが鳴り渡って、プロらしい司会者が、新郎新婦の入場を告げると、照明が暗くなった。広間に並んだ丸テーブルの中央に、それぞれ色とりどりの、太いローソクが立てられている。

恒例《こうれい》のキャンドルサービスだろう。——スポットライトが入口へ当ると、白ずくめの新郎新婦がその中に浮《う》かび上った。

まだ遠くて、よく分らなかったけれど、白のタキシードの田村なんて、想像しただけで亜由美は吹き出しそうになった。

エレクトーンが少々やかましいほど鳴り渡る中を、一つ、一つ、テーブルを回って、花嫁と花婿が近付いて来る。

遠くからは白に見えた花嫁のドレスは、淡いピンクの真珠色とでもいうのか、見るからに目を奪う豪華さであった。そして、確かに桜井みどりの言葉は何の誇張でもないことが、亜由美にも分った。

多少、年齢《とし》は行っているのかもしれない。二十四、五かな、という気はした。しかし、正に女優《じょゆう》にしたくなるような美女である。

いささか表情に乏《とぼ》しい、というのか、濃い化粧を割り引いても、やや冷ややかな印象を与える。しかし、それは美人の宿命かもしれない。

田村と花嫁——淑子が、亜由美のいるテーブルへ移って来る。亜由美が手を叩いた。スポットライトがまともに当って、亜由美は目を細めた。

田村は、額に玉のような汗をかいている。具合でも悪いのかしら、と亜由美は思った。田村が亜由美に気付いて、ホッとしたように、こわばった表情が緩んだ。亜由美が微笑《ほほえ》み返すと、田村は急に目をそらした。

ローソクに火が点《つ》いて、新郎新婦が次のテーブルに移って行くのを目で追って行くと、花嫁が振り向いた。一瞬、冷ややかな視線に亜由美は射《い》すくめられた。

拍手していた手が止まった。——亜由美は、何か寒々《さむざむ》とした思いで、冷《さ》めた料理に視線を戻した。

桜井みどりが、そんなことには一向に気付かない様子で、言った。

「どう？　美人でしょ？」

「そうね」

とだけ、亜由美は言った。

ワイングラスを取り上げて口をつける。いいワインだったが、さっぱりおいしく感じられなかった。

確かに、みどりの言葉ではないが、田村の結婚相手としては、イメージの違う女性である。もう少し、あたたか味のあるというか、おっとりした女性の方が、田村には似合《にあ》っているような気がした。

何を考えてるの、人の結婚相手のことなんか！　亜由美はグラスのワインを一気に喉《のど》へ流し込んだ。

何か、ちょっとした騒ぎが起っているらしかった。ざわついた雰囲気に気付いて振り向くと、どうやらどこかのテーブルで、ローソクにうまく火が点かないらしいのである。

「しめってんじゃないの」

と、桜井みどりが愉快そうに囁《ささや》いた。

亜由美はあまりそういうことを面白がるという趣味はなかった。ホテルの係があわてて代りのローソクを手に駆けつけ、ようやく事態はおさまったのだが……。

場内が明るくなって、正面の席に新郎新婦が落ち着くと、再び披露宴はスムーズに進行し始めた。

何しろプロの司会者である。その間も巧《たく》みに、席をもたせて行くが、逆にそのあまりの巧妙さが、いかにも作り物らしくて、亜由美はすっかりしらけた気分になってしまった。

あんなことなら、ただの友達がやった方が、どんなに下手《へた》でも、まだ心を打つものがあったろう。

歌だの、踊りだの、詩の朗読だのをいかにもバランス良く並べた宴《うたげ》は、まるでバラエティーショーのようだ。

亜由美は席を立って、廊下《ろうか》へ出た。化粧室へ行こうとして、ふと足を止めた。

「——分りませんよ、どういうことなんだか！」

「しかし実際にこのローソクが立ててあったんだぞ！」

言い合う声に振り向くと、廊下の隅《すみ》で、会場の主任らしい、黒のタキシードの男が、部下の若い男とやり合っているのだ。

「これだけ違うメーカーだなんて、見ただけじゃ分りませんよ」

白のタキシードの、若い方の男は、自分の責任と言われて心外な様子だった。

「しかし、どこで紛れ込んだんだ？　見ろ、中の芯がボロボロに切れてる。これじゃ、まともに火が点くはずがない」

「ちゃんとケースから一本ずつ出して、立てて行ったんですから。最初からケースに紛れ込んでたとしか思えません」

「まずいぞ、全く。――よりによって、あのテーブルは、新婦側の親族の席だ。いやな目でにらんでたぞ」

「こっちのせいじゃないですよ」

「怒られるのは俺《おれ》だ。――ま、いい。ともかく業者によく言っとけ。二度とこんなことのないように、ってな」

「はい」

若い方の男は、不服そうな様子で、渋々《しぶしぶ》肯《うなず》いた。

火の点かないローソク。――他のメーカーの粗悪品が、どうして新品のケースの中へ紛れ込んでいたのだろう。化粧室へと歩きながら、亜由美は何だか悪いことが起りそうな気がした。

――席に戻ってみると、食事はデザートに入っていた。友人代表の何人かが、スピーチの最中だった。

もちろん、亜由美は何も頼まれていないから気楽なものである。

「――何だか変よ」

と、桜井みどりがそっと囁く。

「え？　何が？」

「友人代表って、新婦側ばかりなの。田村さんの方は、誰も立たないの。こんなことってある？」

なるほど、それは妙である。今、立って、何だか歯の浮くようなお世辞を並べているのは、新婦のピアノの教師だという中年の派手な感じの女性だった。

亜由美がデザートのシャーベットを食べていると、ウエイターの一人が、傍《そば》へやって来て、

「これを」

と、折りたたんだ紙を差し出した。

開いてみると、走り書きで、

〈塚川君。突然で悪いけど、一言スピーチを頼む。僕にとって、信頼できる友人といえば、君だけしかいないんだ。どうかよろしく頼む。田村〉

とある。亜由美は戸惑《とまど》った。

いや――急にスピーチを頼まれるのも困るが、それだけではない。たかがスピーチを頼むにしても、〈信頼できる友人〉が〈君だけしかいない〉という言い方は、いささか

オーバーに思えた。

冗談半分でそう言っているのならともかくも、田村は、そういう冗談を言うタイプではないのだ。――何となく、亜由美は落ち着かない気分で、そのメモ用紙を、捨てる気にもなれず、ハンドバッグの中へ、しまい込んだ。

とたんに、

「塚川亜由美さんに、一言、お祝いの言葉をいただきたいと存じます」

という司会者の声が耳へ飛び込んで来て、気が付くと、マイクを握らされて突っ立っていた。拍手が静まる。何か言わなくちゃならないのだ。――亜由美はゴクリと唾《つば》を飲み込んだ……。

ああ、疲れた。

ホテルのロビーへ降りて来ると、亜由美はぐったりとソファにへたり込んだ。

きらびやかにシャンデリアの下がった、広いロビーの空間には、人々の話し声のざわめきが反響し合い、混じり合って、絶え間ない海鳴りのように揺れている。

他にも式があったとみえて、盛装したグループがそここに見える。

亜由美は、重たい引出物の包みを下へ置いて、やれやれ、とため息をついた。妙な疲れ方である。

亜由美とて、結婚式に出て、ウエディングドレスを見たり、同席した女性たちの衣裳《いしょう》に目をこらすことも嫌いではない。だから、普通の披露宴ならば、こんなに疲れるはずがないのである。

どこかが、ぎくしゃくしていたのだ。何か不自然で、無理なところがあった。どこが、と指摘することはできないが、ともかく、何か亜由美を疲れさせるものが、あの披露宴の中にはあったのである……。

何だか、亜由美には、田村のことがひどく気になった。

「——ここにいたの」

と、桜井みどりがやって来て、隣にデンと腰を据える。

亜由美としては、あまりみどりの相手をする気分ではなかった。

「——聞いて来ちゃった」

と、みどりが言った。

「え?」

「奥さんの実家ね、増口家って、このホテルチェーンの持主なんだって」

「このホテルの?」

と、亜由美は思わず訊き返していた。

「そう。もちろんホテルチェーンだけじゃなくて、他にもスーパーとか、色々持ってるみたいよ。凄《すご》い金持なのね」

「その家の娘さんと田村さんがどうして――」

「そこまでは分らないわよ」

と、みどりは肩をすくめた。「でも、必ず調べ出してやるから」

私立探偵か何かのつもりでいるらしい。亜由美は苦笑した。

「田村さんうまくやったわね」

と、みどりが言った。「これで将来はどこかのホテルの総支配人とか、行く行くは社長の椅子《いす》かな」

「さあ……。でも、田村さんにそんな役が合ってるとも思えないけど」

「そうね、何となく貧乏性の顔してるし」

みどりは遠慮というものを、あまりしない性質なのである。

そのとき、二人のそばを、ダブルのスーツ姿の紳士が通りかかった。でっぷりと腹が出て、転がしたくなるような球型の体つきをしている。亜由美は、どこかで見たような人だな、と思った。

向うの方で、亜由美に気付いたらしい。ツルリと禿《は》げ上った額を、ちょっとなでて、

「田村君のお友だちの方ですな」

と声をかけて来る。

「はい」

あわてて亜由美は立ち上った。

「淑子の父です。どうもていねいなご祝辞をいただいて――」

「いいえ――そんな、とんでもございませんわ」

「田村君とは大学で？」

「はい。同じクラブの先輩なんです」

「どういうクラブに入っとったのかな？　私は忙しくて、田村君とあまり話したことがないのですよ」

童顔で、いかにも愛想の良い笑顔だった。ただ、その笑い方は、「営業用」というか、永年の仕事で身につけたもの、という印象を与える。

「西洋の中世の民衆の生活とか、伝説とか、そういったものを研究するグループなんです」

「ほう。ずいぶん難しいことをやっとるんですな。私は商業学校しか出とらんので、いわゆる学問の喜びなどというものはさっぱり分らんのですが……。まあ、私たちの一族にも多少は知的な血を入れなくてはね。田村君も見かけはちょっとぼんやりしておるが、なかなかの秀才らしい」

「とても優秀な人です」

「それは結構。まあ、娘夫婦のところへも、遊びに行ってやって下さい」

「ええ、ぜひ……」

「ではこれで」

と、増口は軽く一礼して、歩いて行った。同年輩ぐらいの、たぶん同業者らしい男たちが集まった一角へと増口が近付いて行くと、その男たちが一斉に立ち上って頭を下げる。

どうやら増口というのは、かなりの実力者らしい。

「——本当の大物って、そう見えないもんらしいけど、あれもその口ね」

と、桜井みどりが言った。

「そのようね」

と、亜由美は肯いた。

しかし、妙なものだ、と思った。あんな大物が、自分の娘を結婚させるのに、相手のことをろくに知らないなんてことが、あり得るのだろうか?

いや、実際には、そんなものなのかもしれない。何しろ、ああいう人間たちは、普通のサラリーマン家庭などが想像もつかないような生活をしているのだろうから。

「——まだ降りて来ないのかしら」

と、みどりがロビーを見回した。

もちろん、田村と、その花嫁を待っているのである。

「結婚する人って大勢いるのねえ」

みどりはロビーを見回した。日がいいのか、目につくだけでも、二組の新婚らしい男女が、友人たちに取り囲まれている。

「あの内一つは離婚するわよ、きっと」

みどりが不謹慎なことを言い出した。

「ねえ、君――」

若い男の声がした。「君だよ、そこの澄まし屋さん！」

亜由美は振り向いて、

「私のことですか？」

と言った。

いい加減酔っ払っているらしい、背広姿の青年――二十六、七というところか、色の浅黒い、スポーツマンタイプの男性である。

「そう！　君はあの田村なんとかのガールフレンドだったんだろう？」

どうやら、同じ披露宴に出ていたらしい。

「クラブの後輩です」

「ただの仲じゃないと僕はにらんでいるんだがね。――正直に言えよ、彼とは愛人関係だった？」

亜由美は、直接行動を信条としている。従って、失礼ね、と怒るより早く、平手でその男の頰《ほお》を打った。

大して力を入れなかったつもりなのに、派手な音がして、周囲の視線が一斉に亜由美の方へ集まった。

相手の男の方は、痛いよりも面食らった様子で、

「いや……こりゃどうも……」

と頭をかきかき、「冗談だよ、ほんの冗談……」

と呟きながら、照れくさそうに歩いて行ってしまう。

「――塚川さん、やるじゃない！」

みどりとしては大喜びである。これで話の種が一つ増えたわけだ。

「だって、あんまりひどいことを言うんだもの……」

亜由美も多少頰を赤らめながら、ソファに座り直した。

ロビーがちょっとざわめいた。田村と、その妻、淑子が腕を組んで現れたのだ。

田村は、何だかあまりしっくり来ない高級スーツ姿で、淑子の方は花が開いたように見える鮮やかな赤のワンピースだった。

「悪いけど、およそアンバランス」

と、みどりが言った。

司会者の言葉によれば、二人はここから成田《なりた》へ行って、そこのホテルで一泊。明日の飛行機でヨーロッパへ飛び立つはずである。

「田村さんがヨーロッパかあ」

と、みどりはため息をついて、「私、北極にでも行かなきゃ」

「どういう意味？」

と、亜由美は笑いながら言った。

田村は、妻の両親や、親類への挨拶《あいさつ》に忙しくて、亜由美たちに気付かない様子だった。

田村の両親はどこにいるのだろう？　亜由美はふと思い付いて、ロビーを捜《さが》した。

しかし、どこにもそれらしい姿はない。亜由美も、よく顔を知っているというわけではないのだが、さっき披露宴での、花束贈呈のときには見ている。

花嫁の淑子は、同年代の、たぶん学生時代の友人たちに取り囲まれて、にぎやかに談笑していた。

「ああいう名門じゃ、大変でしょうね」

と、みどりが言った。

本当に、みどりではないが、なぜ田村がこんな結婚をしたのか、亜由美にも不可解だった。

――しかし、そんなことは、何も他人が口を挟《はさ》むことではない。

「ほら、運転手よ」

とみどりがつつく。

「え？」

「あの男。こっちへ歩いて来る、紺の制服の。――凄い外車を運転してるの。今日早く来てたから、見ちゃったんだ」

がっしりした体つきの、運転手というよりは用心棒みたいな男が、増口の方へと歩いて行って、何か声をかけた。

「おい、淑子、車の用意ができたそうだ」

と、増口が娘に声をかける。「もう出かけなさい。成田は遠い」

淑子が友人たちに別れを告げて、父親の方へ行く。

「塚川君」

急に田村に声をかけられ、亜由美はびっくりした。淑子の方ばかりを見ていたので、田村が近くへ来たのに気付かなかったのだ。

「あ……田村さん」

おめでとうございます、と言おうとして、なぜかためらった。言葉がつかえて、出て来ない。

「今日はありがとう」

「すてきな奥様ね、田村さん」

と、みどりが口を挟む。

「どうも。——桜井君も悪かったね、忙《いそが》しいのに」

「どういたしまして。結婚と離婚の話なら、三度の食事を四度にしても駆けつけて来るわよ」

みどりがソファに置いていた引出物の包みが、置き方が悪かったのか、滑《すべ》り落ちた。

「あら、いやだわ」

みどりが急いで拾いに行く。——そのときだった。

田村の顔から、照れたような微笑みがかき消すようになくなった。そして素早く亜由美の耳元へ口を寄せると、

「聞いてくれ！」

と、切迫した口調で囁いた。

「え？」

「あの女はぼくの妻じゃない」

「何を——」

「そっくりだが別の女だ」

亜由美は耳を疑った。

「田村さん……」

そこへ、

「――スピーチして下さった方ね」

淑子が、やって来た。

「紹介するよ。塚川亜由美君だ」

田村は、またいつもの呑気《のんき》そうな笑顔に戻っていた。

「素敵な方ね」

と、淑子は亜由美に微笑みかけながら、

「あなたに取られなくて良かったわ」

「そんなこと……」

亜由美は、曖昧《あいまい》に言った。

「ね、もう出かけないと」

淑子が夫の腕に自分の腕を絡ませる。

「そうだな。――じゃ、塚川君。これで失礼するよ」

「どうぞ――お幸せに」

ほとんど無意識に、亜由美はそう言っていた。

ホテルの正面に、黒光りする大型車の車体が横づけされて、二人を待っている。客たちが、二人を見送りに、車寄せへと出て行く。

「塚川さん、行こうよ！」

とみどりが声をかけて、小走りに行ってしまった。

しかし、亜由美はその場から動かなかった。

あれは本当だろうか？　田村は本当に、そう言ったのか？

「あれは別の女だ」

と。——だが——だが、そんなことがあるだろうか？

もしそうだとしても、なぜ田村は亜由美だけに、そっとそのことを告げて行ったのか。

亜由美は、一瞬夢にでも浮《う》かされていたような気がして、ソファの前に立ったまま、歓声《かんせい》の中を静かに滑り出して行く、田村たちを乗せた車を、遠く見送っていた……。

トラックのご来店

「はい、亜由美」

母親が、目の前に風呂敷包みを置いた。

「なあに、これ？」

亜由美は、コーヒーカップを皿へ戻して、包みを開けてみた。台紙に貼って、厚紙のケースにおさまった写真が、ざっと三十枚。

「今、来てるお話なの。二十八件あるわ」

夕食後の、めいめいが好《す》き勝手《かって》に新聞を広げたり、TVを見たりする時間である。

今日は珍しく母の清美が家にいて、夕食を作ったので、親子三人が居間に揃《そろ》っていた。

「お話って……」

「もちろんお見合いじゃないの」

「これ全部——見合写真？」

亜由美は唖然《あぜん》とした。

「おい、まだ早いんじゃないのか」

父親の塚川貞夫《さだお》がTVから目を離《はな》さずに言った。

亜由美は、母親似の顔立ちで、母親の方も、外出好きで若々しいから、ますます似て見えるらしい。父親の方は、一見インテリ風の技術者であるが、TVはアニメ一辺倒で、スポーツ中継などには一切興味を示さないという変り者だった。

「早くなんかないわよ」

と、清美が切り返す。「いい相手は今の内からツバをつけておかなくちゃ」

「不真面目《ふまじめ》ねえ」

と亜由美は苦笑した。

「結婚は現実ですよ。夢を追うのは十八まで。十九になったら現実に直面しなきゃ」

これが清美の哲学である。

「二十八件も？　良くため込んだもんね、こんなに！」

「どうせなら、きりがいいから三十件集まるまで待とうかと思ったんだけどね。ここ一週間ばかり話がないから、ここで一区切り、と思ったの」

「抽選で十名様に記念品って感じね」

「そんなことばっかり言ってないで、見てごらんなさいよ」

急に父親がゲラゲラ笑い出した。TVの子供向けアニメを見ているのである。清美が、それを見て、

「――ああいう人を選ばないように気を付けてね」

と言った。

亜由美は笑いながら、その気もなしに写真を眺《なが》めて行った。そして、ふと手を止めると、

「――今日、何日？」

と訊いた。

「二十四日よ」

「二十四日か……」

田村の結婚式から、ちょうど一週間がたったわけだ。もちろん、まだヨーロッパから、田村たちは戻っていないだろう。

今頃《いまごろ》田村たちはどの辺だろう？　パリかローマか、ロンドンか。それともヴェニスでゴンドラにでも揺られているのだろうか。

いずれにしても、田村には似つかわしくない光景に思える。

亜由美は、見合写真を一つずつ見ながら、あのときの田村の言葉を思い出していた。

「あれは、そっくりな別の女だ……」

ずっと、その言葉が亜由美の脳裏《のうり》を去ったことはない。しかし、亜由美に何ができようか？

あの淑子の父親のところや、田村の両親の家へ行って、いきなりこの話を持ち出せば、とてもまともに取り合ってはもらえまい。といって、友人――特に桜井みどりなどにこの話をするなど、とんでもないことである。

たちまち、その噂は方々へ広まってしまうだろう。

亜由美としては、田村がハネムーンから戻るのを待つ以外、どうすることもできなかったのだ。

「――どう、亜由美?」

と、母が訊いた。「会ってみたいっていう人がいた?」

「えっ? ――ああ、これ?」

亜由美は見終えた写真の山を見て、

「よく見なかったわ」

と言った。

呆気《あっけ》に取られている清美を尻目に、亜由美は居間を出て、二階の自分の部屋へ行った。

明りを点けると、あまり女の子っぽくない――ということは、つまりゴテゴテと飾りつけていない部屋が目に映る。すっきりしたのが、大好きなのである。

亜由美はベッドに弾《はず》みをつけて転がり込んだ。

「あーあ」

と、声を絞《しぼ》り出しながら伸びをした。

ふと、机の上に、何か置いてあったような気がして、起き上る。——絵葉書だ。

「田村さん……」

見覚えのある、田村のユニークな筆跡であった。

〈塚川君。

今はロンドンに来ています。天気はあまり良くない。しかし、歴史的には興味のある街です。少し古本屋を探して歩くつもりですが、時間があるかどうか。

ではこれで。　田村〉

「田村さんらしいわ」

と、亜由美が笑いながら呟いたのは、ハネムーンのときまで、古本屋へ寄ろうというあたり、それに、一体何のために絵葉書をくれたのか分らないような文面について、でもあった。

裏の写真を見て、もう一度亜由美は笑ってしまった。——ロンドンから出しているというのに、絵葉書は、ヴェニスのそれだったからである。

亜由美は却《かえ》って安心した。これでこそ田村さんだわ、と思ったのである。

もし、〈今、僕たちはハネムーンを楽しんでいます〉などという文面だったら、むしろ心配したに違いない。

しかし、この調子なら、まあ心配することもないだろう。——もっとも、花嫁の方が腹を立てて、帰国したら即離婚なんてことにならなければ、の話だが……。

亜由美の机の上の電話が鳴った。

「——亜由美、電話よ」

と母の声。「男の人から」

「誰?」

「知らないわよ。つなぐからね」

清美がつなぐと、三回に一回は電話が切れてしまう。しかし、今度はうまくつながった。

「もしもし」

若い男の声である。聞き憶《おぼ》えはなかった。

「亜由美ですけど……」

「やあ、先日はどうも」

と、相手はいやになれなれしい。

「どなたですか?」

「忘れちゃったかな。ホテルのロビーで君にノックアウトされた男さ」

「あ——」

亜由美に酔って声をかけて来た男だ。

「何かご用ですか？」

と亜由美は無愛想な声で言った。「第二ラウンドがご希望ですか？」

「まあ勘弁してくれよ」

と男は笑って、「あのときは少々酔ってたしね。それに振《ふ》られて、やけにもなってたんだ」

「振られて？」

「自己紹介するよ。僕は武居《たけい》俊彦《としひこ》というんだ。君は塚川亜由美さんだね」

「知ってりゃ訊くことないでしょ」

「僕は彼女の婚約者だったんだ」

「彼女って――」

「増口淑子さ」

「でも……」

「振った男を披露宴に招《よ》ぶなんて残酷だろう？　あの増口って一族には、そういう血が流れてるんだ」

「あなたの一族には、そういう招待にのこのこ出かけて行くような血が流れてるの」

と亜由美が言うと、武居と名乗った男は声を上げて笑った。

「いや……君は面白い人だなあ。君のことは忘れられないよ」

「それより何の用ですか?」

「ちょっと会って話をしたいんだ」

「私に?」

「そう。――明日は土曜日だ。どうかな、時間はある?」

「時間があるかどうかより、用があるのかどうかが問題じゃないんですか?」

「気になることがあってね」

真面目な口調になった。

「気になること?」

「そう。君はあの田村って人が彼女と結婚するようになった事情を知ってる?」

「いいえ」

「式の前に彼女に会ったことは?」

「ありません」

「じゃ、やっぱり何も知らないわけだね」

「そんな気をもたせるような言い方、やめて下さい」

「失礼。そんなつもりじゃないんだよ。――ともかく、電話じゃ話にならない。明日、会ってもらえないか」

亜由美は迷った。しかし、田村の言葉の意味が、それで分るかもしれない、と思い付くと、

「分りました」

と、ためらわずに承知した。

「夕食でも一緒にどう？　この間のお詫《わ》びに、おごらせてもらうよ」

「夜はデートがありますので」

と、亜由美は出まかせを言った。「昼食なら結構です」

「分った。どこかご希望の店はあるかな」

「ええ」

と亜由美は即座に言った。


「なるほど、なかなか旨《うま》いもんだね」

武居俊彦はハンバーガーにかみつきながら言った。

「食べたことないんですか、マクドナルド」

「うん。この手の店は、頭から無視してかかっていたからね」

「そういうのを、愚かというんです」

「手厳しいね」

と武居は笑った。

今日は、この間の酔っ払っていたときに比べると、大分イメージも変っていた。いかにも一流のビジネスマンという印象で、背広も亜由美の父の物より高級であることは一目で分った。

二人は、ハンバーガーショップの二階のテーブルについていた。亜由美は、少し離れて座っている有賀雄一郎の方へ、そっと目を向けた。有賀もそれに気付いて、ウインクして見せる。

「武居さんは、増口さんの会社に勤めてるんでしょう?」

「うん。ホテルチェーンの部門で、結構、責任ある地位にいるんだよ」

「で、社長の娘を射止めようとしたんですね?」

「まあ——外から見るとそういうことになるかね。しかし、欲得《よくとく》ずくで彼女に近付いたわけでは決してないんだ。信じてくれるかどうか分らないが」

「信じたとして、話を進めて下さい」

「僕は淑子さんと婚約していた。もう一年くらい前になる。別に社長に押し付けられたわけでもなく、こっちも無理に彼女へ近付いたわけではない。色々とパーティで顔を合わせたり、テニスコートで一緒になったりという機会が重なって……まあ、熱烈な恋愛というわけでもなかったが、一応結婚の約束をするまでになった」

「両親の反対は？」

「増口社長？　いや、全くなかった。僕は、こう言っちゃ何だが、かなり増口さんには気に入られている。増口さんも、僕が淑子さんと結婚するのを喜んでくれていたはずだ」

「それはあなたがそう思っているだけでしょう？」

「だが、あの人はそうそう表面を取りつくろうことのうまい人ではないよ。内心面白くなければ、必ず表情に出る。——もう何年もあの人の下で働いて来たんだ。それぐらいのことは分る」

「なるほどね」

と、亜由美はミルクシェークを飲みながら、

「で、その話がなぜ破談になったんですか？」

と訊いた。

「突然、理由もなくだよ」

と、武居は両手を軽く広げて見せた。

「理由もなしで？」

「僕は、六月に、増口社長から、ヨーロッパのホテルチェーンを視察して来て、うちのホテルと提携できないか打診して来てくれと言われた。六月の半《なか》ばに日本を発《た》って、僕

はフランス、ドイツ、スペイン、イタリア……。ヨーロッパ中のホテルを泊り歩いた」

「会社のお金ででしょ？　羨《うらやま》しい！」

と、亜由美はため息をついた。

「仕事となるとね。色々辛《つら》いこともあるよ」

と、武居は苦笑した。「設備、待遇、食事、立地条件。あらゆる点をチェックして、これはと思うホテルをリストアップした。直接支配人とも話をした。――まあ、大変ではあったが、二か月間、楽しい仕事でもあった」

「一人で行ったんですか？」

「もちろん。――それで、帰国したのが八月の二十日過ぎだった。ところが……」

武居は言葉を切った。

「――ところが？」

「前もって手紙を出しておいたのに、成田に、淑子さんの姿はなかった。まあ、何か用があったんだろうと思って、そう気にもせず、ともかく、会社へ直行した。――社長室へ入ると、増口社長は僕を笑顔で迎えて、労をねぎらってくれた。そして……そこにいた男を、淑子の婚約者だと紹介してくれたのさ」

「田村さんですね」

「そう。――僕の受けたショックは、君にだって分るだろう」

「そういう経験ありませんけど、想像はつきます」

と亜由美は肯いた。「で、増口さんはどう説明したんですか?」

「何も」

「何も?」

「そう。何も、だ。もちろん僕にもプライドというものがある。当の、淑子さんの婚約者を前にして、増口さんと争いたくはない。だから、その場では、動揺を隠して、田村という男と挨拶をしたよ。そして、後で増口さんと二人になったとき、僕は一体、これはどういうことなのか、訊こうとした。だが、増口さんは、僕が何も言わない内に、『何も訊かないでくれ』と、僕の肩を叩いたんだ。『君には済《す》まないなと思う。しかし、他に方法がなかったんだよ』とね」

他に方法が……。亜由美は頭の中で、その言葉をくり返した。

「で、あなたもそれ以上、訊かなかったんですか?」

「そうさ。もちろん、僕は淑子さんが心変りしたんだと思った。当然そう思うだろう?」

「そうでしょうね」

「それをくどくど言うのも男らしくない。そう思って何も言わなかったんだ。ただ、いくら、心変りしたからといって、結婚式が早過《す》ぎるような気はしたがね」

「で、披露宴でやけ酒ってわけですか」

「まあ君には失礼なことを言ったが、そんなわけだったんで、勘弁してくれ」

「それはまあ……」

亜由美としては、平手打ちまで食らわしたのだから、あまり偉そうなことは言えない。

「しかし、僕もあの後、田村君という人とは多少会う機会もあったんだが、淑子さんがなぜ、あんなにも急いで田村君と結婚したのか、どうしても分らないんだ」

「私もです」

「ほう、君も?」

武居は亜由美を見つめた。「それはどういう意味?」

「何て言うか……田村さんらしくない相手だと……。そんなに田村さんのこと、良く知ってたわけじゃないし、男女の仲なんて、ほかの人間には分らないもんだと思いますけど……でも、それでもよく分らないんです。もし田村さんがあの人と恋に落ちたとしても、あんな派手な式をやったりするかしら、と……」

亜由美は肩をすくめて、「何だか巧く説明できませんけど……」

「いや、よく分るよ」

武居は肯いて、「僕も田村君という人は、いい人だと思う。最初はどうしても、この野郎、という気持でいたが、ともかく、話をしてみると、憎めない人だね。だから、まあこの男になら、彼女を取られても仕方ない、くらいには考えていたんだよ」

亜由美は、初めて、好感を持って、この男を眺めた。――なかなか分ってるじゃないの、この人。

ふと、あのことを話してみようか、と亜由美は思った。田村が亜由美に囁いて行った謎めいた言葉を。

「実は、今日君を呼び出したりしたのはね」

と、武居が続けた。「ちょっと妙な電話があったからなんだよ」

「どういう……」

「一昨日の夜なんだが――」

と、武居が言いかけたとき、ピーッ、ピーッと笛がつぶれたような、変な音がした。

「おっと。ポケットベルだ」

武居は上衣の内ポケットに手を入れて、音を止めると、

「ちょっと電話をかけて来るよ。失礼」

と、席を立って、一階のカウンターのフロアへと階段を降りて行った。

有賀が立ち上ってやって来る。

「――何かキザな奴だなあ」

「でも、そう悪い人でもないみたい。わざわざ見張ってもらって悪いけど」

「そういう油断が怖い。きっと君をどこかのホテルへ連れ込む気だぞ」

「やめてよ」

と、亜由美は苦笑した。「それに、田村さんの結婚、どうも気になることがあるの。あの人の話が、その辺に関係してるかもしれないわ」

「気になることって?」

「うん……。ちょっとね」

亜由美は、有賀にも、もちろんあの田村の言葉については、何も言っていないのだ。

「ともかく、時間あるから、僕はそこに座ってるよ」

「悪いわね。何か用があるなら――」

と言いかけたとき、ドーンと凄い音がして、足下が揺らいだ。テーブルの上でグラスが音を立てて動いた。

「何、今の?」

と腰を浮かす。

「キャーッ!」

「誰か!」

「助けて!」

下の階から悲鳴が上った。亜由美は階段を一気に駆け降りた。有賀もあわてて後につづく。

「——ひどい！」

一階へ降り立った亜由美は、思わず立ちすくんだ。

通りへ面して、一階はガラスばりになっている。そこへ、小型トラックが突っ込んでいた。

ガラスを突き破《やぶ》って、車体はほとんど店の中へ、入り込んでいた。立ち食い用のテーブルが一つひっくり返って、その周囲で、けがをした女の子たちが泣き出している。

「——有賀君！　早く助けなきゃ！」

「う、うん」

亜由美と有賀は、けがをした女の子を、抱き起して、店の奥へと運んで行った。

呆然としていた店員たちも、やっと我に返った様子で、一一九番へ電話したり、救急箱を持って来たりし始める。

「何て運転手だ」

と、有賀が腹立たしげに言った。

「そうだわ。運転手は？　けがしてるんじゃない？」

「見て来る」

有賀は、トラックのドアを開けた。

「——どう？」

「誰もいないよ」

「まさか！」

「見てみろよ」

と、有賀が亜由美を手招きした。

なるほど、運転席は空っぽである。

「じゃ、どうして突っ込んだわけ？」

「知らないよ。どうなってるんだ？」

亜由美は、ふと武居のことを思い出した。そうだ。下で電話をかけているはずだった。

「武居さん！　――武居さん！」

と亜由美が呼ぶ。

「おい、あれ――」

と、有賀が亜由美の腕を引っ張った。

「え？」

有賀の指さす方へ目をやって、亜由美は目を見張った。赤電話の台が押し倒されていて、その下から、受話器をつかんだ手が、のびていた。

「引っ張り出さなきゃ！　早く！」

亜由美と有賀はあわてて駆《か》け寄《よ》った。

「――全くもう、何事かと思ったわ」

母の清美が、亜由美の服を広げて見ながら、言った。「こんなに汚して、血までついてるんだもの」

「仕方ないでしょ。人助けしたんだから」

ソファへ寝転がって、亜由美は言った。

「本当なんでしょうね、その話？」

と、清美が言った。

「どういう意味？」

「もしかして……お前、どこかで強姦されたんじゃないの？」

「凄いこと言ってくれるわね！」

亜由美は呆れて、「ニュースを見なさいよ、ちゃんとTVに映ってるから！」

とかみつきそうな顔で言った。

「分ったわよ……」

清美は肩をすくめて、「で、その何とかさんって人、死んだの？」

「武居さん？　いいえ、奇跡的に軽いけがで済《す》んだの。一応入院してるけどね」

「ふーん。で、お前に何の用だったの？」

「ええと……まあ大した用じゃないのよ」

玄関でチャイムが鳴ったのを幸い、亜由美は逃げ出した。玄関へ出て、ドアを開けると、父親が飛び込んで来た。

「馬鹿《ばか》！　早く開けんか！」

と、靴を脱ぎ捨て、居間へと駆け込んで行く。

「どうしたの？」

びっくりした亜由美がついて行ってみると、父親はＴＶをつけて、

「電車が遅れたんだ。危《あや》うく見逃すところだった！」

と息を弾ませた。

少女向けアニメ番組がスタートしたところで、にぎやかなテーマソングが流れて来た。


——二階の部屋で、亜由美が珍しく（？）勉強していると、電話が鳴った。

「有賀さんよ」

と母の声。有賀のことは知っているのである。

「——おい、ニュース見た？」

出るなり、有賀はいきなりそう言った。

「見てないわよ。我が家のチャンネル権は、父が握ってんだから」

「あ、そうだったな」

「どうしたの？」

「例の事件さ。さっきＮＨＫ見たら、君も映ってたぜ」

「美人にとれてた？」

亜由美は呑気なことを訊いた。

「そんなことよりさ、警察の調べじゃ、あのトラックは誰かが運転して、わざと突っ込んだらしいってんだ」

「わざと？」

「あの車の運転手は、近くのソバ屋で昼飯食べてたんだってさ。ちゃんとエンジンも切ってあったし、ハンドブレーキもかけてあった。誰かが乗り込んで、トラックを走らせたんじゃないかっていうんだ」

「ひどいことするのね！　誰がやったか、分らないの？」

「目撃者捜してるけど、分んないみたいだぜ、まだ」

「でも……そんなに簡単に動く？」

「だから、これはただのいたずらとか、そんなもんじゃないだろうって言うんだ。もっと具体的に誰かを狙《ねら》ったとか……」

「警察でそう言ってるの？」

「いや、こりゃ僕の推理」

「何だ」

「何だ、ってことないだろ」

「ごめん、ごめん。——じゃ、もしかしたら、あの武居さんって人が狙われたのかもね」

「考えられるよ。だって、他にけがしたの、中学生とか高校生ばっかりだよ」

「そうか。——電話台はあのガラスの方に面してたわね。車で突っ込めば真正面、てわけか」

「電話してるところが、表から見えたはずなんだよな」

「じゃ……本当に武居さんが狙われたのかしら?」

「分んないけど、ま、あんまり近付かない方がいいんじゃない?」

亜由美はちょっと考え込んで、

「——わざわざありがとう」

と、電話を切った。

田村の言葉、そして淑子の元の婚約者だった武居が狙われかけたこと……。

加えて、なぜ淑子が急に武居から田村へ乗り換えたのかという謎。

「何かありそうだわ……」

大体が、この手のＴＶや小説の大好きな亜由美である。ちょっと胸をわくわくさせながら、そう呟いた。

「ニュース、ニュース！」

今夜は父親をけちらしてもニュースを見てやろう、と亜由美は決心して、部屋を飛び出して行った。

血のついた上衣

「——亜由美、どこかに出かけるの？」

玄関で亜由美が靴をはいていると、清美が声をかけて来た。

「今日は月曜日よ。大学あるの」

「ああ、そうだったわね」

と、清美は呑気に肯いた。

だが亜由美の方もいい気なもので、大学へ行く気はまるでないのである。

出がけに郵便受を覗いてみると、絵葉書らしきもの。

出してみると、田村からである。亜由美はびっくりした。一枚よこしただけでも大したことなのに、こんなにすぐ、二枚目が来るなんて……。

〈塚川君。

今はパリにいる。ごみごみしていて、あまり面白くはない。疲れる。しかし、こちらはしょせん旅行客だ。たった一日二日の滞在で、そんな判断を下すのは、不当かもしれない。では。

田村〉

相変らず、ハネムーンの便りとは思えない。一体田村さんは何をしに行ったんだろう?

裏を見ると、パリからだというのに、イタリアのヴェローナの風景が映っていた。

亜由美はそれをバッグへしまうと、表通りへと歩いて行った。

よく晴れて、少し涼《すず》しい風も吹いているようだ。

ホテルのロビーをぶらつきながら、亜由美は、結婚披露宴の客らしい人々を眺めていた。

毎日、毎日、よくまあ結婚する人がいるもんだわ、と思った。自分もその内の一人になるのだろうか。いつかは……。

「――やあ、どうも」

声に振り向くと、武居が、軽く右足を引きずるようにしてやって来た。

「武居さん、大丈夫なんですか?」

「おかげでね。どうもありがとう。君が引っ張り出してくれたんだって?」

「そんなこと……」

と、亜由美は、ちょっと柄にもなく照れた。

「でもびっくりしました。病院に行ったら、もう退院したって聞かされて」

「もう二、三日は、って言われたんだけどね、そうそう仕事も休めないし」

「ちょっとがっかりだわ」

「がっかり？」

「そんなにモーレッツサラリーマンだとは思わなかったの」

武居は笑って、

「そんなことはないさ。こうやって抜け出して来たじゃないか」

「今はいいんですか？」

「うん。ちょっとそこでコーヒーでも飲まないか」

ロビーのわきにあるコーヒーハウスで、亜由美は武居と向い合って席についた。

「昨日のこと、警察に訊かれました？」

「もちろん。しかし、電話中っていうのは、結構他に気の回らないものでね。特に手帳を見ながら話をしていたので、トラックが突っ込んで来るのに全く気が付かなくて……」

「良く助かりましたね」

「電話台の下になったのが、かえって良かったみたいだね。台が真四角じゃなかったんで、隙間ができて、そこへちょっと入り込む形になったらしい」

「原因、分らないんでしょ？」

「そうらしいね。全くふざけた話だ」

　と、武居は首を振った。

　亜由美にコーヒー、武居にはアイスミルクが来た。

「ミルク党ですか」

「仕事で、やたらにコーヒーを飲むもんでね。いい加減うんざりだよ」

　と、武居は苦笑した。

「ところで、あの話の続きをうかがいたくて——」

「あの話？」

　武居は訊き返して、「あ、そうか！　例の電話のことだね」

「そうです」

「ええと……あれは木曜日のことだな。ホテルの事務所へ電話がかかって来た」

「夜っておっしゃいませんでした？」

「夜も帰りは十時以降になるからね。あれは九時ごろだったかな」

「どんな話だったんですか？」

「男の声だった。変にこもっていて……。きっと何か、声が分らないようにしていたんだろう。『あなたに教えておきたいことがある』と言うんだ」

「何と言いました？」

「『彼女は死んだよ』と言った」

「死んだ……。彼女というのは――」

「僕も訊き返した。一体誰のことだ、とね」

「で、向うは？」

「『あなたのフィアンセのことですよ』と言った」

「つまり――淑子さん？」

「僕は他に婚約したことはない」

「その他には？」

「誰なのか訊いたが、名乗らなかった。そして、『嘘《うそ》だと思ったら、塚川亜由美に訊いてみろ』と言うんだ」

「私に？」

亜由美は目を丸くした。

「そうなんだ。君は何か知らないか」

「私は――」

亜由美はためらった。あのことを話すべきだろうか？

この男――武居は信用できるだろうか？

もし、本当にあのトラックで殺されかけたのだとしたら、武居にも、それを知る権利はあるかもしれないが……。

「あの電話が誰からかかって来たにせよ、君の名前を知っていたというのは――」

「わけが分りません」

と、亜由美は言った。

「しかし、何か知ってるんじゃないか？」

武居が、じっと亜由美を見つめる。

亜由美が口を開こうとしたとき、

「失礼します」

と、ウエイターがやって来た。「武居様、国際電話が入っております」

「そうか。分った」

武居が席を立つ。

「社長のお嬢様からです」

「淑子さんから？」

武居と亜由美は目を見交わした。

武居が急いでカウンターの電話へと走る。――亜由美も座っていられず、立ち上ると、電話の方へ歩いて行く。

「もしもし。――淑子さん？　今どこだい？　――もしもし、どうしたんだ？」

武居の声が急に不安げに鋭《するど》くなった。

「——何だって？　——よし、分った。今はどこのホテル？　——すぐに人を行かせる。フランクフルトに誰かいるはずだ。——心配しなくて大丈夫だよ。——落ち着くんだ！」

亜由美は膨《ふく》れ上って来る不安をじっと抑《おさ》えながら、武居の顔を見ていた。武居が、やっと受話器を置く。

「一体どうしたんです？」

武居は、もう一度受話器を上げると、ダイヤルを回してから、亜由美の方へ向って言った。

「淑子さんだ。ドイツで、田村君が行方不明になったらしい。——あ、社長ですか？　武居です。お嬢さんがドイツから電話を。——そうです、実は——」

亜由美は、もう武居の声が耳に入らなかった。急いで席に戻ると、冷たい水を一気に飲み干《ほ》した。

「行方不明……」

と呟く。

田村さんが……行方不明。そんなことが……。

いつの間にか、武居が戻って来ていた。座らずに、立ったままで、

「聞いた通りだ。しかし、彼女もかなり神経がたかぶっている。事情は良く分らないん

だよ」

「行方不明って……」

「ホテルを昨日出たまま帰らないらしいんだ。今、地元の警察へ手配してもらっている」

「田村さんなら……きっと迷子になったんだわ」

「そう願いたいね。幸い近くにうちの駐在員がいる。連絡して直行させる」

「心配だわ……」

「そうだね。僕も気になる」

「武居さん」

と、呼ぶ声がした。「社長です」

「今行く。——じゃ、何か分ったら連絡するから」

「お願いします」

武居が足早に行ってしまうと、亜由美は急に力が抜《ぬ》けたようで、しばらくそこに座ったまま動けなかった。

「あの……コーヒーをおつぎしましょうか?」

ウエイターの声で、やっと我に返った。

「い、いいえ、結構です」

立ち上ってお金を払おうとすると、

「これは公用ですから」

と、言われた。

なるほど、武居といたせいだろう。

「どうも」

ピョコンと頭を下げてロビーに出る。こんなときなのに、コーヒー代、助かった、などと考えていた。

ロビーの奥の方で、武居が、増口と話をしている。淑子の父親だ。

娘がヨーロッパで立ち往生《おうじょう》しているのだから、もっと心配してもいいようなものだが、見たところは、至って落ち着き払っているらしい。

亜由美は、ホテルを出ると、駅の方へ向って歩き出した。


「——田村さん、心配だね」

と、母親が言った。

亜由美は、TVのニュースに、じっと見入って、返事をしなかった。

しかし、何度ニュースを見ても、新しい事実は分っていないらしかった。

はっきりしているのは、ただ一つ、田村が行方不明になったということだけである。

ハンブルクは大都会だから、場所によっては危険な所もある。しかし、ドイツの治安《ちあん》は、かなりいい方であり、特に、多少ドイツ語もできる田村は、迷子になるとも思えなかった。

それに、田村は、歓楽街などへ足を向ける男ではない。それもハネムーンだというのに！

「どこへ行っちまったのかしらねえ」

と、清美がため息をつく。「お前は新婚旅行、国内にしておくのよ。やっぱり安全第一だからね」

「相手もいないのに、旅行のことまで考えられないわよ」

と、亜由美は母をにらんだ。

玄関のチャイムが鳴って、清美が出て行ったが、すぐに戻《もど》って来ると、

「亜由美、お客様」

「私に？」

「警察の方よ」

――入って来たのは、大分、亜由美の抱いていた刑事のイメージと違《ちが》う、肥満体の中年男だった。

「どうも……。殿永《とのなが》部長刑事です」

四十歳ぐらいか、背もあって、かつ太目というので、いかにも巨漢に見える。

「あの……ご用は?」

「はあ。その前にちょっと水をいただけませんか」

えらく汗をかくらしく、ハンカチで額をせっせと拭《ぬぐ》っている。

清美が手回し良く、冷たいお茶を運んで来ると、大きなグラス一杯、あっという間に飲み干して、

「いやどうも……。すみませんがもう一杯」

体が大きいと、水分も大量に必要とするらしい。

「――実は、例のハンバーガーショップの事件について調べていましてね」

と、殿永という、肥満刑事は言った。

「何か分りまして?」

「残念ながらまだです。で、目下、現場に居合せた方から一人一人お話をうかがっているんですよ」

「そうですか」

亜由美は、ちょっとがっかりした。

「あのときは、救助に大分ご協力いただいてありがとうございました」

「いいえ。――けがも、みなさん大したことがなくて良かったですね」

「全くです。あの状況では死人が出てもおかしくなかったんですが。ところで、あなたはあの店に良く行かれましたか」

「ええ。三日に一度は」

「じゃ、店内の様子を良くご存知でしょう。ちょっと図面を描いていただけますか?」

「ええ」

亜由美は、広告の裏に、ボールペンで、大体の見取り図を描いた。

「この子は昔から絵が上手で」

と、清美が余計なことを言い出す。

「学校でも美術の時間はいっつも賞められていたんですよ」

「お母さん、あっちに行っててよ」

「はいはい」

亜由美はそっと殿永刑事の顔を盗み見た。しかし、別に笑ってもいないようだ。

「——こんなもんだと思いますけど」

と、亜由美は言った。

「なるほど。——これは正確に描けてますなあ」

「これが何か?」

「いや、どうもあの一件は事故でなく、故意に誰かがトラックで突っ込んだものと思われているんです」

「知っています」

「すると、何か目的があるはずですね。まあ、発作的な無差別殺人未遂という可能性もあるが」

「そうですね」

「もし、誰かを狙ったものだとしたら、その目標は誰だったのか？　しかも、なぜ、そんな非常手段に訴えて、殺そうとしたのでしょう？」

亜由美は黙って肩をすくめた。殿永刑事は続けて、

「一つ疑問なのは、この全面がガラスばりだったのに、なぜ犯人に中が見えたか、ということです」

「え？」

と亜由美は訊き返した。「でも――ガラスばりだから見えたんじゃありませんか？」

「しかし、外は明るかった。外より中の方が明るかったとは思えません。よく晴れていたんですからね」

「ええ、確かに――」

「つまり、外から見ると、ガラスには、外の風景が映っていて、中はとても見にくかったはずなんです」

「分りました」

亜由美もやっとそれに気付いて、「じゃ、犯人は、目当ての人間がどこにいるか、分らなかったはずだとおっしゃるんですね？」

「いや、全く見えなかったということはないでしょう。ガラスにかなりくっついて立っていた人は、目に入っただろうと思うのです」

「つまり……」

「電話をかけていた人ですね」

殿永は、そう言って、少し間を置き、

「あの、あなたが助け出した男性――名前は武居だったかな。ご存知の方だったんですか？」

「あの……そうです。といって、良く知ってるわけじゃなくて……」

「どういうご関係です？」

「それは……」

亜由美は、どう話していいものやら、迷ってしまった。話し出せば、全部しゃべらなくては分ってもらえまい。しかし、それでは、ますます話がややこしくなりそうだ。

「この間、ある人の結婚式で一緒になって……それで、何か話があるというんで、あそこで会っていたんです」

これなら嘘ではない。多少省略しすぎた気味はあるが。

「どこへ電話をかけていたか、ご存知ですか?」

「いいえ。仕事の話でしょう。ポケットベルが鳴って、かけに行ったんですから」

「ポケットベルがね。――そうですか」

「どうして、本人に直接お訊きにならないんですか?」

「訊きますよ、もちろん。しかし、常に、証言には『裏を取る』ということが必要でしてね」

殿永は、刑事らしからぬ、おっとりした口調で言った。「他の人の証言とぴったり合うか、食い違うか。――そこを見るんですよ、我々は」

何となく、腹の立てられない相手である。

「もう武居さんと話したんですか?」

「いや、これからです。病院の方へ今日行ってみると、もう自分で退院して行かれたとかでね」

殿永はニヤリと笑って、「私なら、できるだけ長く入院してさぼりますがね。エリートは辛いもんですな」

と言った。

電話が鳴って、亜由美は立って行って取った。

「武居です」

「あら。——今どこから？」

「成田空港です」

「どこかへお発ちですか」

「ドイツへ行きます。淑子さんを一人では帰せないでしょう」

「それじゃ……田村さんは？」

「これはまだ未確認情報ですが」

と、武居は少し声を低くした。「ハンブルクの、かなりいかがわしい場所で、田村君の上衣《うわぎ》が見付かったらしいです」

「まさか！」

思わず声が高くなっていた。

「まだ断定はできませんがね。——上衣には血がついていたということです」

亜由美は受話器を握りしめた。

「じゃ、田村さんは……殺された？」

「その可能性はあります。——あ、もう行かなくては。では、これで」

「気を付けて。あの——」

もう電話は切れていた。

「――何事です？」

殿永が言った。「殺されたとかいうのは……」

「あの――」

と言いかけて、亜由美は、ちょっとめまいがして、よろけた。

「大丈夫《だいじょうぶ》ですか？」

「ええ……。すみません」

殿永に支えられて、亜由美はソファに落ち着いた。こんなことで動じる亜由美ではないはずなのだが、やはり、刑事と話をしているという緊張感のせいだろうか。

「田村さんというのは？」

「あの……今、ドイツで行方不明になっているんです」

「ああ、あれですか。――ご存知なんですか？」

「ええ。大学の先輩で」

「そりゃご心配ですね。いや、悪いときには悪いことが重なりますよ」

刑事は、田村の件が、武居と関係があるとは思っていない様子で、早々に引き上げて行った。亜由美も、あえて引き止めなかった。

居間に戻って、ソファに座っていると、清美が顔を出して、

「どうしたの？　何のお話？」

「大したことじゃないわ」

「お前、顔色が悪いね」

「今、ちょっとめまいがしてね」

「まあ」

清美は亜由美に近付くと、声をひそめて、

「つわりじゃないだろうね?」

と言った。

亜由美は、思い切り母親をにらみつけてやった。

幻の事故

「人の噂も七十五日なんて、あれは嘘ね」

塚川亜由美は、腹立たしげに言った。「七十五日どころか、七・五日も怪《あや》しいもんだわ」

「仕方ないよ。何しろ色々ニュースが沢山《たくさん》あるんだから」

と言って、有賀雄一郎は亜由美にキッとにらまれ、あわてて目をそらした。

十月になって、秋の長雨もやっと上った。短かった夏が、九月の末に残暑となってぶり返し、一転、冷たい雨が降り続いて、この二、三日、やっと秋らしい晴天が広がっていた。

大学のキャンパスも、活気に溢《あふ》れていた。

——今の大学生は、早く大人《おとな》びるというのか、夏には、

「暑いからいやだ」

と外へ出たがらないし、冬には、

「寒いから」

と言って、昼休みも学生食堂に固まっておしゃべりばかり。

男の学生でもそうなのだから、大人たちから見れば、嘆《なげ》かわしいに違いない。

しかし、こんな爽《さわ》やかな秋の日ともなると、いかに無精な学生たちも外へ出て、亜由美と有賀の如く、芝生《しばふ》に腰をおろしておしゃべりしている。

しかし、空が青く、風が快《こころよ》いだけ、亜由美の心は沈んでしまうのだった。

田村久哉が、増口家の令嬢、淑子との新婚旅行の途上、ドイツのハンブルクで行方不明になって、もう半月近くたつ。ハンブルクの歓楽街で発見された、血のついた上衣は田村のものと判明したが、その持主の行方は杳《よう》として知れなかった。

淑子を迎えに、あわただしく発って行った武居からも、あの後、連絡はない。ハンバーガーショップへ突っ込んで来て、武居を初め、数人にけがをさせたトラックの事件も、一向に解決のきざしはなかった。

要するに、何が何やら、さっぱり分らないままだったのである。

わずかに、TVのニュースなどに映《うつ》し出されたのは、傷心の花嫁、淑子が、武居にかかえられるようにして、成田空港へ帰って来た光景ぐらいのもので、その後、彼女がどうしているのか、週刊誌をむさぼり読んでも、まるで分らなかった。

父親の増口は財界で、かなりの力を持つ人間らしいから、好奇心に溢れたマスコミを娘に近付けないことぐらい、いともたやすいのであろう。

しかし、それにしても、新婚旅行に旅立つ直前、田村がそっと亜由美に耳打ちした、

「あの花嫁は別の女だ」

という一言の謎は、今も亜由美一人の胸の中へしまい込まれているばかりであった。

田村自身が行方をくらましてしまったのだから、亜由美としても疑惑の持って行き場がないわけである。

「田村さん、どうなっちゃったのかしら?」

と、亜由美は言って、芝生に寝転がった。

「この間、TV見てたら、たぶんもう生きてないだろうって、評論家が言ってたよ」

「何の評論家が?」

「旅行評論家」

「そんなのいるの? 何でもすぐ評論家ね。評論評論家なんてのができるわ、その内」

「でも、ヨーロッパってのは、やっぱり一歩裏《うら》へ入ると危険だって。田村さん、割とのんびりしてたものなあ」

「やめてよ、『してた』なんて。もう死んじゃった人みたいじゃないの」

と、亜由美は有賀をもう一度にらんだ。

「ごめんごめん。おっかないんだからなあ。田村さんを秘《ひそ》かに慕ってでもいたのかい?」

今度は亜由美はにらみつけなかった。有賀の足をけっとばしたのである。

「イテテ……」

大げさに引っくり返る有賀を見て、亜由美は笑い出した。――同時に、自分がひどく神経質になって、苛々していたことに気が付く。

「ごめんね。何だか有賀君に八つ当りしちゃって」

「君のためなら」

と、有賀はオーバーに胸に手を当てて言った。

「ついでに、明日、ちょっと用があって休みたいんだ。ノート頼むよ」

「そんなことだと思ったわ。いいわよ。たぶん出て来るから」

と、亜由美も呑気に笑いながら答えた。

「――塚川さん」

と呼びかけてやって来たのは、クラブの先輩、桜井みどりだった。「そこにいたの、捜《さが》しちゃった」

みどりは、亜由美の隣に腰をおろした。

「何か用？」

「ちょっと話があるの」

みどりはチラリと有賀の方を見た。

「僕、向うへ行ってようか」

と、有賀が立ち上った。

「ねえ、有賀君、女の子にはやさしいんでしょ。食堂からコーヒーを二つ持って来てくれない?」

と、みどりは言った。「おごってくれとは言わないからさ」

「運び賃、一杯百円」

と言って、有賀は小走りに芝生を横切って行く。

「話って――」

と亜由美は言いかけて言葉を切った。

みどりが、いつになく、真剣そのものという表情をしていたからである。

「田村さんのことよ。――塚川さん、あの後で、例の男に会ったんでしょ?」

「例の男?」

「武居っていう、あなたがひっぱたいた相手よ」

「ええ。――でも、どうして知ってるの?」

「TVで見たもの。あのマクドナルドの一件。あなたが人助けてて、その負傷した人の中に、例のホテルの人っていうのがいたから、調べてみたの。そうしたら、あの男じゃない」

「ええ、武居さんと会ったわ。でも、よく調べたわね! どうして?」

「手はあるわよ。だけど……」

みどりは言い淀《よど》んだ。

「どうしたの？　何だかずいぶん深刻そうじゃない」

「あんまりあの男には近付かない方がいいわよ」

と、みどりは急に低い声になって言った。

「えっ？」

「あのね――」

と言いかけ、みどりは、有賀が紙コップを二つ、手にしてやって来るのを見て言葉を切った。

そして、「今日、午後の講義が終わったら、部室へ来てくれる？」

と低い声で言った。「待ってるから」

「――さあ、お待たせしました」

と、有賀がコーヒーを亜由美とみどりに手渡す。

「サンキュー。百五十円だっけ」

みどりは、もういつもの調子に戻っている。

「いいよ。それぐらいの金、持ってるさ」

「無理しちゃって。じゃ、またね、塚川さん！」

みどりは紙コップを手にしたまま、歩いて行ってしまった。亜由美は、呆気に取られてその後ろ姿を見送った。

誰も彼もがおかしい。「あの男には近付かない方がいい」って？　——武居のことを、桜井みどりがなぜそんな風に言うのか、亜由美にはさっぱり分らない。

みどりは一体何を、どうやって調べたというのだろうか。

「何をボンヤリしているのさ」

と有賀に訊かれて、亜由美は我に返った。

「別に、何でもないわ」

「コーヒー、こぼれてるぜ」

「キャッ！　いやだ、もったいない！」

亜由美は、一つのことに熱中すると、他に頭が回らなくなる性質なのである。


少々寝不足のところへ、昼食で満腹になり、退屈な講義を聞かされたら、これはもう立派な睡眠薬である。

亜由美は、それまでの経験から、眠気がさして来ることは予期していたので、わざと後ろの方の席に着いた。案の定、講義が始まって十五分としない内に、ウトウトと瞼《まぶた》が上下一体となって、快い眠りに引き込《こ》まれていった……。

妙な夢を見た。

どこまでも暗い廊下が続く。そこを亜由美は歩いていた。押し潰《つぶ》されそうな闇の中なのに、前へ前へ、迷いもせずに歩を進めて行くと、突然、白いドアが現れた。

開けようと手をのばすが、ノブも、何もない。ただのっぺりと白い板なのである。

押してみても、びくりともしない。拳《こぶし》を固めて、力一杯ドアを叩くと、その音は、まるで寺の鐘の音のように、重々しく、向う側の、見えない空間へと響き渡った。

ドアが不意に向う側へと開いて、そこに田村が立っていた。

「田村さん……」

亜由美はホッとしてドアの中へと足を踏《ふ》み入れた。田村は、あの披露宴のときと同じ、白いタキシード姿だった。

「やあ、塚川君」

田村は微笑んだ。「僕が信じられるのは、君だけだよ」

「そんなこと……」

亜由美は照れて肩をすくめた。

ふと、田村の白いタキシードの胸のあたりに赤いものが見えて、亜由美は最初赤いバラか何かでもつけているのかと思った。しかし、そのバラは、徐々《じょじょ》に大きくなりつつあった。

違う。――バラではない。

血が広がっているのだった。

「田村さん、胸に――」

亜由美はそう言いかけたが、血、という言葉を口にすることができなかった。

「え？」

田村はちょっと戸惑ったような表情になったが、すぐに気付いて「ああ、これかい？ 大丈夫。何でもないんだよ。ほんのかすり傷でね。でも、このタキシードは貸衣裳だからな。弁償しなきゃならないかな」

「そんなこと言っていいんですか？」

亜由美は気が気ではない。赤い血のしみがどんどん広がって、田村の上半身が、もう朱色に染《そ》まりつつあったのだ。

「うん、大丈夫なんだ。もういくら血を流しても死にはしないんだよ」

そう言うと、田村は、フフ、と軽く笑った。

「だって、もう僕は死んでるんだからね」

田村がメガネを外した。レンズが光っていて見えなかった目――いや、そこにはただ黒い穴があるだけだった。

全身、冷水を浴びたような思いで、亜由美は立ちすくんだ。逃げようとしたが、動くことができない。

「塚川君」

田村の手がのびて来た。それはいつしか、ひからびたミイラのような手に変っていた。

「僕が信用しているのは、君だけなんだよ……」

「やめて！　――向う行って！」

と、亜由美は叫《さけ》んだ。

「僕の友達は君だけなんだ……」

田村が口を開けて笑った。その口は、赤く、火のように燃《も》えていた。

「来ないで！　やめて！」

「塚川君……」

「誰か！　――助けて！」

「塚川君……」

「おい、塚川君」

肩をつかむ手。――ハッと亜由美は頭を上げた。

有賀の顔があった。

講義《こうぎ》が続いている。――亜由美は、何度か深呼吸した。

「大丈夫かい？　何だかうなされてたぜ」

亜由美は、手でそっと額に触《ふ》れてみた。汗がふき出している。急いでハンカチを取り出し、拭った。

「ごめんなさい。夢を見てて……」

「よっぽど怖かったんだな」

「ええ……。生きた心地もしなかったわ」

亜由美は、あれが夢だったことを確かめるように、教室の中を見回した。

「大丈夫か？　まだ真っ青だぜ」

「もう平気よ。ええと……後二十分か。少しはノート取らなきゃ」

「手遅れだと思うけど」

と、有賀は笑った。

有賀の笑顔を見て、亜由美は、やっと少し落ち着いて来た。全く、自分らしくもない、と思うのだが、夢《ゆめ》であんな思いをしたのは初めてだ。

夢が、田村の死を暗示《あんじ》していたような気がして、亜由美は、やはり気が重かった。

講義が終って、教室の中がざわついた。誰か、事務の女性が入って来て、講師へ話をしている。

「――塚川君。塚川亜由美君、いるかね」

講師に呼ばれて、亜由美は一瞬、返事ができなかった。

「おい、君だぜ」

と、有賀につつかれ、

「あ――はい」

と、立ち上る。

「電話だそうだ」

「すみません」

亜由美は急いで教室を出た。事務の女性が待っていて、

「今ね、病院から電話があって――」

「病院？」

「お母さんは清美さんっておっしゃるの？」

「そうです」

亜由美の顔から血の気がひいた。

「事故に遭われたんですって。この病院へすぐ来てほしいって――」

メモを受け取る。教室の中へ戻る。教科書やバッグを手に取る。――いつの間にか、それだけのことをやっていたらしい。

気が付くと、校門の前で、有賀にタクシーの中へ押し込まれていた。

「一緒に行こうか？」

「ありがとう。大丈夫よ。連絡するわ」

行先も、有賀がちゃんと運転手に告げておいてくれたらしい。タクシーが走り出すと、亜由美は、やっと少し頭が回転し始めるのを感じた。有賀の親切が、ありがたかった。

母の事故。——一体どうしたというのだろう？

ともかく出歩くのが好きな人だ。車にでもはねられたのか。それとも……。

「何も考えない方がいい」

と、亜由美は呟いた。

ただ、どんなことがあっても、冷静に対処するだけの心構えをしておこう、と思った。

病院はかなり遠かった。タクシーは車のラッシュに巻き込まれ、なかなか進まない。

苛々と、亜由美は窓の外を見ているばかりだった。

それでも、四十分ほどで病院に到着した亜由美は、ともかく、病院へと駆け込んで行った。

受付の女性の返事は一向に要領を得なかった。その挙句に、

「救急病棟の方へ回って下さい」

とやられて、亜由美は怒鳴《どな》りつけたいのを我慢しながら、〈救急〉と書かれた矢印を辿《たど》って行った。

が、そこでも答えは曖昧で、

「ちょっと調べますから、お待ち下さい」

と、相手は立って行ってしまう。

亜由美は苛立ちながら、廊下を眺め回した。赤電話が目に付く。

「そうだわ」

父は知っているだろうか？　まだここへ来ていないところを見ると、連絡が行っていないのかもしれない。

亜由美は、急いで父の会社へ電話を入れてみた。

「——何だ、亜由美か。どうした」

のんびりした父の声が伝わって来る。

「ね、お母さんが事故に遭《あ》ったの」

「何だと？」

「今、病院なのよ。まだ様子は分らないんだけど……」

「おい、ちょっと待て。いつ頃だ、それは？」

「さあ……。大学へ連絡が入ったの。一時間くらい前かな」

「そんな馬鹿な」

「どうして？」

「俺は五分前に家へ電話して、今夜は遅くなると母さんへ言ったばかりだ。ちゃんとしやべったんだぞ」

「ええ？　本当」

「いたずらじゃないのか。家へかけてみろ」

——亜由美は、狐《きつね》につままれたような気分で家へ電話した。

「あら、亜由美なの？　どうしたの？」

母の声が聞こえて来る。亜由美はポカンとしていたが、

「あ、あのね——何でもないの」

「え？」

「お母さん、元気？」

「ええ。元気よ。どうして？」

「良かったわね」

亜由美は電話を切った。きっと向うでは、母の清美も目を白黒させているに違いない。

「——塚川さん」

受付の女性が呼ぶ声がする。亜由美は、こっそり逃げ出してしまった。

「全くもう！」

表通りへ出ると、亜由美は八つ当り気味に、声に出して言った。「どこのどいつだ一体！」

こんな悪質ないたずらをするような知り合いは思いつかない。しかし、ともかく、実際にいたずら電話はかかっているのだ。

　亜由美はムシャクシャするので、目についたフルーツパーラーに飛び込んで、思い切り甘いものを食べることにした。あまり理論的な解決法とは言えないが、実際、精神的ストレスの解消にはいい方法なのである。

　フルーツパフェを平らげ、ケーキを二個お腹へ入れて、やっと落ち着くと、亜由美は、これが本当に単なるいたずらだったのだろうか、と考えてみた。

　もしかすると、何かの目的があって、亜由美をおびき出したのかも……。もっとも、おびき出しても何もなかったわけだが。

　アイスコーヒーのコップを、亜由美はテーブルに戻した。

「そうだ、いけない！」

　桜井みどりと、部室で会うことになっていたのだった。――もう遅いだろうか？

　亜由美は、大学へ戻ってみることにした。みどりの様子では、かなり重要な話のようだった。

　亜由美は急いでアイスコーヒーを飲み干すと、店を出て、タクシーを拾った。大学まででではなく、近くの駅までタクシーで行こうと思ったのである。

　学生探偵には、経済的制約も大きいのだ。

「駅まで」

と、言って座席に落ち着いてから、ふと、ある疑念が頭をもたげて来た。

もしかすると、いたずら電話の目的は、自分をみどりと会わせないようにすることだったのではないか。——まさか、とは思ったが、一旦《いったん》そう思い始めると、それに違《ちが》いないという気がして来る。

「あの——」

と、大学まで直接行ってもらおうかと身を乗り出したが、車が混めば、却って遅れる、と思い直した。

窓の外を見ると、良く晴れていた空に、今は雲が出ているのか、少し暗くなりかけていた。

——亜由美は、いやな予感がして、眉をくもらせた。

ありえない殺人

大学へ駆け込んだときは、もうキャンパスは閑散としていて、運動部のトレーニング姿がチラホラ目に付く程度だった。

亜由美は、校舎のわきの歩道を急いだ。

校舎の裏手に、クラブ用の棟《むね》が一つ、別になっていて、中に全部のクラブが入っていた。

三階建の、一応鉄筋のしっかりした建物で、今も、いくつかの窓に、明りが見えている。

亜由美はあまりクラブ活動というのが好きではない。別に嫌いというわけでもないのだが、先輩だ、後輩だとやたらうるさかったり、合宿だの何だのと時間を取られるのがやり切れなかったのである。

だから、そういう拘束の少ない研究会にだけ所属していた。もっとも、研究会だから、部室というものはない。いつも歴史部の部室を借りて、使っているのである。

亜由美は、クラブ棟の中へ入って行った。歴史部の部室は三階にある。階段を上って行くと、どこの部屋からか、女の子たちがキャッキャ笑い合う声が響いて来た。

二階から三階へ上りかけると、上から、五、六人の女の子たちが降りて来るのに出くわした。

「あら、亜由美」

と、一人が足を止めた。

神田聡子《かんださとこ》といって、亜由美と高校で一緒だった子である。

「何だ、聡子。クラブ？」

「うん」

聡子は社会科学のクラブに入っていて、やはり部室が三階にあるのだ。

「ね、亜由美」

と、聡子が言った。「もしかして桜井さんと約束？」

「そう」

「さっきから苛々して、出たり入ったりしてたわよ」

「まだいる？」

「うん、いるよ」

「良かった！」

亜由美はともかくホッとした。まだいてくれさえすれば、事情は説明すれば分ってくれるだろう。

「じゃ、聡子、またね」

と、すれ違って上って行く。

「――あ、そうだ、亜由美！」

聡子が追いかけて来た。聡子は、かなり太目、かつ重量級なので、もう、息を切らしている。

「何なの？」

「同窓会のこと、連絡あった？」

「知らない」

「あら、変ね。だって、井上君からさ、この間電話あったのよ」

「あの人、いい加減だもの」

二人は、廊下を歩きながらしゃべっていた。――階段を上ったすぐ右手の突き当りが、聡子の所属する社会科学部の部室なのである。その前に、ずっと廊下がのびていて、右手にドアが並んでいる。

奥から二つ目のドアが、〈歴史部〉の部室だった。

「――ともかく同窓会なんて出る気ない」

と、亜由美は言いながら、ドアをノックした。

「私も出たくないんだけどさ、私の彼氏、井上君の友達なのよね」

と聡子が言って、肩《かた》をそびやかした。「まあいいや。じゃ、またね」

「うん。――桜井さん」

亜由美はもう一度ノックした。返事がない。

「変ね。いるはずよ」

聡子が行きかけて、また戻って来る。

亜由美はドアを開けた。

「桜井さん……」

部室は、明りが点いていた。細長い、四角の部屋で、入ってすぐ正面に、衝立《ついたて》があり、その向うに、古ぼけたソファやテーブル。そしてその奥は、ただもう雑然とした物置になっていた。

衝立といっても、スチール製の、肩までぐらいの高さ。部屋の、真正面には窓があり、そこに、ドアの方へ背を向けて立っている桜井みどりの姿が見えた。

「桜井さん。すみません、遅《おそ》くなっちゃって」

と、亜由美は声をかけた。

桜井みどりは、じっと窓に向って立ったまま、身動き一つしない。――怒ってるのかな、と亜由美は思った。

「変な電話があった。それで……」

亜由美は衝立を回って、桜井みどりの方へ歩いて行った。「ね、桜井さん」

近付いてみて、何となく変だ、と亜由美は思った。みどりは窓に向って立っているのではなかった。窓の方へもたれかかるようにしている。両手はダラリと垂《た》れていた。

「桜井さん」

亜由美は声をかけてみた。

「立ったまま寝てるんじゃない？」

衝立越しに眺めていた聡子が笑顔で言った。だが、亜由美はとても笑う気分ではなかった。

「ねえ――」

と手を桜井みどりの肩へのばしかけて、亜由美はふと視線を足下へ落とし、ギョッとした。

みどりの足下に、赤い池が広がっていた。

――血だ。血溜《ちだま》りだ。

亜由美はよろけそうになって、思わず、みどりの肩へ手を触れた。

みどりはゆっくりと後ろ向きに倒《たお》れて来た。床に大の字になって倒れたみどりの、虚《うつ》ろな目が、亜由美をじっと見上げる。

みどりの胸から腹にかけて、ブラウスは朱《あけ》に染まっていた。

亜由美が悲鳴を上げずに済んだのは、その光景が、講義中に見たあの夢——田村の夢を一瞬連想させ、そのことの方に、注意をひかれたせいだろう。

その代り、背後でドスン、と音がして、亜由美は飛び上った。振り向くと、衝立が部屋の中へ向って倒れていて、聡子がその場にヘナヘナと崩れ落ちるところだったのである。


「——何も知らんはずはないだろう」

その刑事は、まるで亜由美が犯人であるかの如く、脅しつけるような声で言った。

そうなると、却《かえ》って反抗したくなるのが亜由美の性質である。

「知らないものはしようがないでしょう！」

とやり返した。

「ここでこっそり待ち合せて何をやる気だったんだ？　麻薬か、マリファナか、それとも、君らは恋人同士だったのか？」

亜由美の、手が先に出るという癖が、また発揮されようとした。が、そこへ、

「おいおい」

と、おっとりした声がかかって、亜由美の手は止ってしまった。「——証人を犯人扱

いは気の毒じゃないか」

「殿永さん！」

と、亜由美は思わずホッとしながら、言った。

殿永部長刑事——あのハンバーガーショップへトラックが突《つ》っ込《こ》んだ一件《いっけん》で、亜由美の家へやって来た刑事である。

「あ、殿永さん……どうも」

若い刑事は、ちょっと頭をかいて、

「この娘、ご存知ですか」

「うん。他の件で大変役に立ってくれた人だ。そんな怪しい女性じゃないよ」

「どうも、存じませんで」

呆れるほど、ケロリと変って、亜由美は腹を立てるのも忘れていた。

「——大変ですね」

と、殿永は、のんびりと言った。「事件のことを小耳に挟みましてね。大学の名前を聞くと、あなたの通っている大学だ。詳《くわ》しく聞いてみると、あなたが死体の発見者だと分りましてね。びっくりしてやって来たんです」

殿永は、死体の方へ歩いて行き、しばらく眺めていたが、軽く首を振って、戻って来た。

「まだ若いのに気の毒なことですな」

「クラブの先輩なんです」

「ここで待ち合せを？」

「ええ。何か話があるっていうことだったので……」

「殺されるような、理由に心当りは？」

「ありません」

と、亜由美は言った。

どこまで、殿永に話すべきだろうか？　あのいたずら電話のこと、みどりが、武居のことについて言った言葉……。

「でも変だわ」

やっと落ち着きを取り戻した様子の、聡子が言った。

「何が？」

と殿永が顔を向ける。

「私たち、社会科学部の部室で、話をしてたんです。私と——部員、四人。その間、ドアは開けてありました。閉《し》めると、あそこは風通しが悪く、暑いもんですから」

「ちょっと——ちょっと待って下さい」

と殿永は制して、「どこのドアです？」

「廊下の突き当りです」

と、聡子は言って、廊下へ出た。

亜由美も殿永もそれについて出て行く。

「あの正面の、階段のわきのドアです」

と、聡子が指さしながら言った。

「あれが開けてあったわけですね」

と、殿永が訊いた。

「そうです」

「どれくらい？　細くですか、それとも一杯に」

「半分くらい……かな」

「やってみましょう」

殿永は、その肥満体の体からはちょっと想像できないような身軽さで、歩いて行った。

聡子は、社会科学部の部室のドアを、三分の二くらい開けた。

「これぐらいだったと思います」

「なるほど。中には五人いたわけですね」

部屋の明りが点くと、中央に、集められた五つの椅子が目に入った。「——これに座っていたんですか？」

「そうです」

「あなたの席は？」

「ちょうどドアの正面です」

「座ってみて下さい」

聡子は、開いたドアから、廊下を真直ぐに見通す席に座った。

「あ、ドア、もうちょっと開けて下さい。——それくらいです」

「私に座らせて下さい」

殿永は、聡子と代った。それから、他の椅子にも一つずつ座って、

「——この二つの席からは、少なくとも廊下がいつも見えていたわけですね」

「ええ。だから妙なんです」

と、聡子は言った。「誰もあの部屋へ入った人なんかいないんですもの」

「確かですか？」

「ええ。——誰かが階段を上って来れば、ドアのすぐ前に出て来るでしょ。目に入らないはずがないし、その後、ずっと廊下を歩いて奥から二番目のドアまで行くのに、全然こっちが気付かないなんてことはありません」

「ふむ……」

殿永は腕組みをした。

亜由美も、聡子の席に座ってみた。確かに、特別廊下を注意していなくても、誰かが来ればすぐ気付くに違いない。

「席を立ったことはありませんか？」

と、殿永が訊く。

「ありません。二時間ぐらいですもの。一人もトイレに立たなかったし……」

「どうも――こいつは難題だな」

殿永が頭をかく。

「もとから犯人が部屋の中にいたとしたら？」

と、亜由美は言ってみた。

「でも、私たちの方が、桜井さんより早かったのよ」

と聡子は首を振って、「ここで話を始めて、十分ぐらいしてから、桜井さんが上って来たの。そして、あの部屋の鍵を開けていたわ」

「中に隠れていたとか……」

「でも、少なくとも、三回は廊下に出て来たわ。何かこう……苛々してる感じで、階段の所まで来て下を覗いたりしてたわ」

「何か話をした？」

「いいえ。でも、一度、『遅いなあ』って呟くのが聞こえたわ」

「そうなると……」

殿永はそっと顎《あご》を撫《な》でた。「あの部屋には、そんなに長い間、一人の人間が隠れていられるほどのスペースはありませんでしたね」

「ええ、不可能だと思います」

と、亜由美は言った。「他の部室に隠れていたとは考えられませんか？」

「それを考えていたのです」

と殿永は肯いて、廊下へ出ると、ドアの一つ一つを調べて行った。

「全部鍵《かぎ》がかかっていますね。——鍵はどこにあるんですか？」

「ええと……確か、事務室です。校舎の方にあるんです」

「だけど——」

と、聡子がいぶかしげに言った。「他の部室に隠れてたとしたって、いつ、やったっていうの？」

「聡子さんたちが階段を降りかけて来たわね。上って来る私と出会って……」

「すぐ一緒に上って来たわ。その間に、桜井さんを殺すなんてこと、できっこないわよ」

「そうね。それに、たとえ殺せたとしても、逃げられないわ」

「これらの部屋は全部調べさせましょう」

と殿永は言った。「だが、妙な話ですね、これは」

本当に、と亜由美は思った。これは、推理小説でよく言うところの、〈密室状況〉の一つということになる。

もちろん、歴史部の部室のドアに、鍵はかかっていなかった。しかし、犯人は、聡子たちの目に触《ふ》れずに、あの部屋へ出入りできなかったはずなのである。

「殿永さん」

と、さっきの意地の悪い刑事がやって来て声をかけた。「検死官とお話になりますか」

「ああ、そうしよう」

殿永は肯いて、現場へ戻った。

亜由美と聡子は、廊下に残って、何となく顔を見合せた。

「えらいことになったわね」

と、聡子は言った。

「本当にね」

と亜由美は同意したが、本当に、どんなに『えらいこと』になっているか、聡子には想像もつくまい、と思った。

みどりが殺されたのは、田村の行方不明、そして武居が狙われたとみられる、あのハンバーガーショップの事件と、どこかでつながっているに違いないのだ。

こんなややこしいことになるなんて！　亜由美はため息をついた。

「でも、大学の中で殺人なんて」

と聡子は、ちょっと目を輝かせて、

「スリルがあるじゃない？」

亜由美とて、第三者ならば、そう思ったかもしれないのだが……。

部室へ戻ると、中の捜索が徹底的に行われていた。殿永が二人の方へやって来た。

「――刃物でやはり一突きですね。凶器は見当らない。窓もしっかり閉っています。どうも殺人者は、煙の如く消え失《う》せたようですね」

殿永の言葉は、推理小説の中で、名探偵が吐くセリフを思わせて、亜由美は少々不謹慎ながら、笑みを浮かべてしまった。

「これで、凶器も見当らない、他の部屋からも手がかりが出ないとなると、どういうことになるんですか？」

聡子は、胸をわくわくさせているようだ。

「さあ、私にも分りませんな」

殿永は、至ってのんびりと言った。聡子は少々がっくり来た様子で、不服そうに口を尖《とが》らした……。

「——どうしたの、一体?」

　さすがに、呑気な母の清美が玄関まで飛び出して来た。

　それはそうだろう。もう夜の十一時を回っているのだから。

「何かあったの?」

「うん、ちょっと警察でね」

　説明するのも面倒で、亜由美は居間へ入って行った。しかし、『警察で』と聞かされて、

「ああ、そう」

　と安心する親は少なかろう。清美も心配そうについて来て、

「どうしたの?　何やったの、一体?」

「殺人事件」

　亜由美が大欠伸《あくび》をして、「お腹空いた!　何か食べさせてよ」

「お前が殺したの?」

「まさか。だったら、帰って来られるわけないでしょ」

　清美も、これで納得したらしく、台所の方へと姿を消した。

　納得、と言えば、亜由美としても、どうにも納得できないことがあった。いや、密室状況の謎などではない。

今まで警察に引きとめておかれ、しかも、住所、氏名などを訊かれただけで、帰っていいと言われたのだ。

桜井みどりとの関係、何の用で待ち合せていたのか。――そういったことを、しつこく、根掘り葉掘りイモ掘り（?）訊かれるに違いないと覚悟していたのだが、担当刑事は、亜由美に何も訊かない。

訊かれなくてホッとしたのも事実である。亜由美としては、何をどこまで話していいものやら、決心をつけかねていたのだから。

しかし、やはり気になった。なぜ、何も訊こうとしなかったのだろう?

ふと、亜由美は、あの、おっとりした殿永刑事の顔を思い出した。――もしかすると、あの人が、そう指示したのかもしれない。それなら目的は?

ここでまた行き詰まってしまうのだ。ともかく、まともではない。何か、意図があるのだ……。

電話が鳴った。

「はい、塚川です」

と亜由美が出る。

「亜由美さん?　僕は武居だけど」

「まあ、どうも――」

「すっかり失礼しちゃったね。実は、色々と話したいこともあって、一度会えないかな」

「構いませんけど……」

「もっと早く、と思っていたんだけどね、ともかく、あの後が大変で……」

「そうでしょうね」

「じゃ、今度の週末は？」

「今のところは……」

「バレエの公演があるんだ。いや、うちのホテルがそのバレエ団の宿になってね、その関係で、いい席が手に入るんだよ」

「それじゃぜひ」

本当のところ、亜由美はあんまりバレエには詳しくないのだが、ともかく武居に会って、ドイツでの捜査の様子などを訊きたかったのである。

「何を踊るんですか？」

と亜由美が訊く。

「〈白鳥の湖〉だよ」

食卓の対話

幕間《まくあい》のロビーは、着飾った人々でごった返していた。

それでも、NHKホールは文化会館より大分ましである。寛《くつろ》ぐという場所はないが、一応広いから、立ち話ぐらいはできる。

「——退屈じゃない?」

と、武居が粋《いき》なスーツ姿で立っている。

「いいえ、ちっとも」

多少は正直なところで、亜由美はそう答えた。亜由美とて〈白鳥の湖〉ぐらいは知っている。

「——色々話はある」

と、武居は言った。「しかし、今はやめとこう。場所にふさわしい話っていうものがあるからね」

「そうですね」

亜由美も、今日はちょっと気取って、思い切り上等なスタイルでやって来た。

もちろん中にはジーパンスタイルの女の子もいる。

「最近はヨーロッパのオペラ劇場なんかも、同じようなものさ」

と武居は言った。「日本人が固まって座っている。居眠りする奴もいる。アメリカ人は客席で平気でフラッシュをたく……。しかし、そういう客が全部いなくなったら、それこそオペラは潰れちまう」

「本当に好きな人には、苦々しいでしょうねえ」

「たぶんね。――日本はその点気が楽さ」

「来て良かったわ」

と、亜由美はバッグを持った手を後ろに組んで、ゆっくりとロビーを歩いた。

「そう言ってもらえると嬉《うれ》しいね」

「いやなことが続き過ぎるんですもの」

「ああ、そうだ」

と、武居は思い付いた様子で、「君の通っている大学で人殺しがあったんだねえ」

「ええ。クラブの先輩なんです」

「へえ。身近にそんなことがね……」

「武居さんもご存知のはずですよ」

「僕が?」

「あの披露宴に出ていたんです」

「じゃ、君にひっぱたかれたとき、隣に座ってた……。あの子かい？　それは知らなかったなあ」

もしこれが演技なら、武居は名優に違いない。反応はごく自然だった。

「犯人はまだ捕まらないんだね」

「ええ。そうらしいです」

「大学の中で殺人か。キャンパスも平和じゃなくなったね」

亜由美は、表玄関の近くまで来て足を止めた。——外で、有賀君、待っていてくれるかしら？


「デートなのよ、明日」

大学の帰り道、亜由美はスパゲッティの店で、有賀に会っていた。

「へえ。僕なら時間あるぜ」

「良かった！」

「じゃ、どこに行く？」

「間違えないで。相手は武居さん」

「あのにやけた野郎かい？」

有賀はつまらなそうな顔になった。

「そうむくれないでよ」

と、亜由美は笑って、「田村さんのことが気になるじゃない。会って話を聞きたいのよ。新聞や週刊誌じゃ、どこまで正確な話か分らないもの」

「話だけかい？」

「食事ぐらいするかもね」

「何食べるんだ？」

「そんなことまで分るわけないでしょ」

「せいぜいスパゲッティぐらいでやめとけよな」

有賀は、やけになってスパゲッティを大量に口へ放り込み、目を白黒させた。

「ねえ、有賀君、もう一度頼まれてくれない？」

「何を？　また見張りはいやだよ」

「見張りなんて頼まないわよ」

「じゃ何だ？」

「監視よ」

「同じじゃないか！」

有賀は、笑い転げる亜由美をにらみつけていたが、その内、一緒になって笑い出してしまった。

「参ったよ、塚川君には」

「じゃやってくれる？　ありがとう。——あの人、桜井さんの事件にも関係してるかもしれないのよ」

「どういう意味？」

亜由美は、桜井みどりが武居のことを口にしていたことを教えてやった。

「そしてあのいたずら電話。——ね？　どうも怪しいでしょ？」

「武居が犯人だよ、決ってる！」

「待ってよ。あわてないで。だからこそ、監視を頼んでるんじゃないの」

「そういうことなら」

と有賀は腕まくりする真似《まね》をして、

「任せといてくれ！　危いときは逃《に》げ出すから」

どこまで真面目なのかよく分らないのが、亜由美の世代なのである。

「塚川さん、ここでしたか」

聞き憶えのある声にびっくりして顔を上げると、殿永部長刑事の、大きな体が立っていた。大きいくせに、なぜか目立たないというか、控え目な存在なのである。

「殿永さん。——私にご用なんですか？」

「ええ。大学へ行ったら、もう帰ったところだということで、歩いて来るとあなたの顔が外から見えたものですからね」

殿永は、席につくと、スパゲッティの大盛を頼んで、「少し減量せんといかんので、一日三食に減らしとるんです」

と言った。

「以前は何食だったんですか?」

「五食ぐらいでしたかね、平均すると」

太るはずだ。——亜由美は、

「何か分りましたか?」

と訊いてみた。

「どうもねえ……。あのハンバーガーショップに突っ込んだトラックの一件はさっぱりです。現場の混乱で、誰《だれ》も運転していた人間を見ていない」

「エンジンキーは?」

「運転手が持っていたんです。しかし、どうやったか、ちゃんとエンジンをかけている」

殿永は水をコップ一杯、一気に飲み干すと、「武居さんが狙われたとして、どんな動機が考えられるでしょう? ——そこで、例の、あなたの先輩の一件が気になりましてね」

「先輩の……」

「田村さんが行方不明になった件です。向うへ問い合せてみましたが、新しい事実は出ていないようですよ」

「上衣の血は？」

「田村さんのものかどうか、判別できなかったそうです。何しろ、かなりひどく汚れていたらしいので」

「じゃ、死んだとも限らないんですね？」

「死んだものと向うの警察はみています。だから、これからもあまり新しい発見は期待できませんね」

「そして今度の――」

「そうです。桜井みどりさんが殺された」

スパゲッティがやって来た。殿永は、豪快な食べっぷりを見せながら、

「食べながらで……失礼します。桜井さんの身辺、あれこれ調べてみましたが、どうも殺意を抱くほど恨んでいた人間はいないらしいのです」

「私もそう思います」

「彼女は、田村さんの結婚式に出ていたそうですね」

「ええ、一緒に出ました」

「この三つの事件。田村さんの失踪、武居さんが殺されかけ、桜井みどりさんが殺された。——何か関連がありそうですね」

「どんな関連が？」

「それは分りません」

と、殿永は首を振《ふ》った。

大盛のスパゲッティは、もう半分以上、消えて失くなっていた。

「しかし、三つの事件が偶然にこうたて続けに起るというのは妙だと思いませんか。やはり関連があるとしか思えない」

「私もそう思います」

「塚川さん、武居という人と、個人的なお付合いはおありですか？」

「あ、あの——それは——」

と亜由美はためらったが、あまり隠しておくのもどうかと思った。「明日からある予定なんです」

亜由美はそう答えた。

「さあ、第三幕だ」

と、チャイムが鳴り渡るのを聞いて、武居は言った。「一番華やかなところだよ」

「楽しみだわ。あんまり詳しくはないんですけど」

と、亜由美は一緒に席の方へ戻りながら言った。

「確か黒鳥の踊りがあるんでしたね」

「うん。一番の見せ場でね。同じ人が踊るんだけど、衣裳が白から黒になると、急に雰囲気が変る」

席について、広いホールの中を見渡す。客がゾロゾロと戻り始めていた。

「白鳥とそっくりな黒鳥に、王子がだまされる……」

亜由美は呟いた。

「何か言った？」

「いいえ、別に」

——あの花嫁は、そっくりな別の女だ。

白鳥と黒鳥のように、か。

「淑子さんはもう大丈夫なんですか？」

と、亜由美は訊いてみた。

「淑子さん？　ああ、もう大分元気になったようだ。と言っても、ショックで寝込んでいたのが、起き出して来たということだがね」

「今、どこに?」

「別荘だ。何しろ、新婚旅行で夫が失踪、しかも大企業の社長令嬢と来てる。週刊誌などには、絶好のネタだからね」

「いいですね、隠れる別荘がある人は」

「全くだな」

と、武居は笑った。「確か増口さんは、十何か所か、別荘を持っているはずだよ。一つ一つ歩いても、当分は姿を隠していられるからね」

「一つぐらい分けてくれないかな」

と、亜由美は冗談めかして言った。「武居さん、淑子さんとゆっくり話しました?」

「いや、連れて帰る間は、ほとんど口もきかなかったからね。――家へ入ってしまってからは、一度会ったきりだ。それも、ちょっと挨拶を交わしたくらいでね」

本当に、あの花嫁は別の女なのか。増口淑子と良く似た誰かなのだろうか?

――華やかに、舞踏会の幕が上った。

ギターを鳴らしながら、イタリア人が、亜由美たちのテーブルへやって来た。

亜由美のよく知らない、甘いメロディのカンツォーネを歌うと、武居が千円札を小さくたたんで、ギターの中へ入れた。

「──ワインはどう?」

「もう結構です。酔っ払っちゃいそう」

亜由美は、息をついた。肝心の話が終らないうちに、酔ってしまっては困る。

「武居さんはどう思います?」

と亜由美は訊いた。

「どうって?」

「田村さんは死んだんでしょうか?」

「何とも言えないね」

と、武居は首を振った。「ヨーロッパは地続きで、それこそ、色々な犯罪組織が動き回っている。日本人の旅行者は無邪気だからね、よく簡単に引っかかって、行方不明になるんだよ」

「でも、男の人が──」

「金を持ってるとね。しかし、そう金を持って出たとも思えないが」

「田村さんは、たとえお金を持って出ても、それを見せびらかす人じゃありませんよ」

「そうだね。僕も同感だ」

「およそ狙われるタイプじゃないと思うんだけどなあ」

「あれが偶発的な事件じゃないとしたら? どう思う?」

「理由があって、田村さんが殺された、っていうことですか?」

「うん。——あの怪電話が気になってしかたないんだ」

「フィアンセが死んだ、という……」

「そう、まさかと思うが、もし本当に淑子さんが……」

その先は、武居は口にしなかった。

「もし、淑子さんと見分けがつかないくらいそっくりな人がいたとして、入れ替ったら、騙し通せるでしょうか?」

と亜由美は言った。

「大胆な仮定だね」

武居は、苦笑しながら言ったが、意外そうな様子は全く見せなかった。ということは、おそらく武居自身もそう考えたことがあるのだろう、と亜由美は思った。

「まず不可能だね」

しばらく間を置いてから、武居は言った。「普通なら」

「普通なら、ということは……あの増口家では?」

「あの家は普通じゃない」

と武居は言った。「ただ金持だというだけでなく、変ってるんだ。増口さんは金持に珍《めず》しく、あまり女を作るとか、囲うとかいうことをしない。要するに、そんなことのために金を使う気がしないんだな」

「じゃ、真面目人間なんですか、あの人？」

「あの人の愛人は仕事だね」

と、武居は言った。「ベッドに入っていても、食べていても風呂につかっていても、仕事のことを考えている」

「そんな風にも思えませんわ」

「自分がコマネズミのように働くというわけじゃない。しかし頭の中は仕事のことだけで一杯さ」

と武居は言って、「――これがどういう結果を招くか分るだろう」

と、亜由美の顔を見た。

「奥さんのノイローゼ」

「そう。いや、ノイローゼだったのは、ほんの一年くらいでね。夫が『仕事』という好きなことをしてるのなら、私も好きなことをします、というわけで、遊び狂ったんだ」

「というと……」

「初めの内は、旅行、買物くらいだったのが、その内、お定まりのコースで……」

「男ですか」

「まあ同情すべき余地もあるけどね、あのご主人では。――いや、増口さんは、そりゃ経営者としては一流だよ。しかし、夫としてはね」

「で、家を放ったらかしっていうわけですね」

「むしろ、たまに家へ帰って来るんじゃないかな」

「分りました」

と亜由美は肯いた。「つまり、ご両親のどっちも、めったに娘の淑子さんと顔を合せなかったというわけですね」

「そうなんだ。普通の家庭では、とても考えられないことだがね」

「じゃ、たとえば入れ替っても分らないとか――」

「それはどうかな。可能性として、ないことはない。しかし、現実には、大勢使用人もいて、毎日淑子さんの顔を見てるわけだからね。そう簡単にはいくまい」

「それに、そんなに淑子さんと似た人を見付け出すのが大変でしょう。美人ですものね」

「それに、目的だ。なぜそんなことをする必要があるのか」

「財産とか……」

「相続となれば色々大変だよ。それに増口さんは奥さんも元気で、死にそうもないからねえ」

「じゃ、やっぱり怪電話はただのいたずらで――」

「その可能性は強い。しかし、ごくわずかだが、そうでない可能性もあるということだ」

亜由美は、ちょっと考え込んでから、言った。

「武居さん。殺された桜井みどりさんと会って話をしたことはありません？」

「僕が？　いいや」

武居は目を見開いて、「どうしてそんなことを？」

と訊き返して来た。

「いえ……。彼女が、ちょっと武居さんを知っているようなことを言ったんで」

「それは妙だね。——僕は全然知らないよ」

武居はワイングラスを取り上げた。そのグラスは空だった。そのあわてた様子は、何となく武居に似合わない、と亜由美は思った。

「おい、武居じゃないか」

と声がかかった。同年輩の、やはりサラリーマンらしい男が、店へ入って来たところだった。

「何だ、またお前か」

武居は、ちょっと顔をしかめた。

「よく会うな。ええ？」

少しアルコールの入っているらしい、その男は愉快そうに、「相変らず来てるね。今度はまたこの間と違う子じゃないか」

「そんなんじゃないんだ」

「隠すなよ。――お嬢さん、気を付けなさいよ。こいつは若い娘が趣味だからね」

「おい――」

と武居が少し気色《けしき》ばむ。

「冗談だよ。じゃ、また会おうぜ」

と、奥の席へと歩いて行く。

「お友達ですか」

と、亜由美は言った。

「大学時代の悪友でね。――出ましょうか」

武居は立ち上った。

何だかあわてている、と亜由美は思った。

武居がカードで支払いを済ませている間に、亜由美は店の表に出た。

この間と違う子、とあの男の人は言った。武居は、同じくらいの年齢の娘を連れて来ていたのだろうか。

もしかして――桜井みどりとか……。

「やあ、待たせたね」

武居が出て来た。

「ごちそうになりまして」

「いや、そんなことといいんだ。――どう、ちょっと一杯やっていかないか?」

「でも、もう帰らないと……」

「ちゃんと車で送るから。三十分だけ。いいだろう?」

誘い方は巧みで、強引に思えぬ強引さだった。断る余裕を与えない、というのであろうか。

「タクシーを拾おう」

と、武居が道の端《はし》に立った。そのとき、大きな外車が、どこから走って来たのか、武居の前に停《とま》った。

「社長!」

武居が声を上げた。

車の後ろの窓から顔を出しているのは増口だった。

「用がある、乗れ」

と、増口が言った。

「はい」

否応《いやおう》なしに、武居がドアを開けて乗り込む。

「じゃ、私、これで……」

と、亜由美が言いかけると、

「君もだ」

と、増口が遮《さえぎ》った。

「私ですか？」

「君にも用がある。乗ってくれ」

運転手が出て来て、ドアを開けてくれる。こうなっては、しかたない。亜由美は意を決して、その外車に乗り込んだ。

「どこへ行くんですか？」

と、亜由美が言った。

「私の家だ。家の一つ、というところかな」

増口は、ちょっと愉快そうに言った。

頼もしい味方

「ごめんごめん」

亜由美は珍しく平謝りである。

「いいよ、もう」

と、有賀はふくれっつらのままで、

「僕のことをケロッと忘《わす》れてたなんて。いくら何でも――」

「だから謝ってるじゃないの」

「もう遅いや」

と、有賀は言って、カーペットに寝転んだ。

日曜日。――亜由美の部屋である。

明るい陽射《ひざ》しが、部屋に溢れていた。

「そんなに有賀君が必死で追って来てるなんて思わなかったのよ」

「君らが高級イタリア料理を食ってる間、こっちは立ち食いハンバーガーで飢えをしのいでたんだぞ」

「オーバーねえ。——ともかくおかげで無事生還しました」

有賀は苦笑して、

「女は得だよ」

と言った。

「まだすねてる」

亜由美は、寝転がった有賀の上にかがみ込むと、キスした。有賀が面食らった。——まだキス一つしたことのない仲だったからだ。

ドアが開いて、母の清美が入って来た。二人はあわてて起き上った。

「あら、有賀さん」

「ど、どうも……」

「だめですよ」

「すみません」

「カーペットに寝てそんなことしたら、糸くずが付きます。ちゃんとベッドの上でやらなきゃ。——さ、紅茶。ごゆっくり」

清美が出て行くと、

「君のお母さん、ユニークな人だね」

と、有賀は笑いながら言った。

「さすがに私の母親って言いたいんでしょ」

「当り」

二人は一緒に笑った。

「――じゃ、あの後、増口の屋敷に行ったのかい?」

「うん。凄い邸宅《ていたく》よ。一部屋分でこんな家一軒建つんじゃないかって感じ」

「何の話だったの?」

「それがね――」

と、亜由美が言いかけたとき、またドアが開いて、清美が顔を出した。

「亜由美、葉書よ」

「はい。――お母さん、ノックぐらいしてちょうだい」

「はいはい。まずいときは札《ふだ》でもかけといてちょうだい」

と清美はドアを閉めた。

「全くもう――」

と言いかけて、亜由美は愕然《がくぜん》とした。

「どうしたんだい?」

「まさか……こんなことが……」

「どうしたのさ?」

「見て！　──田村さんからの絵葉書よ！」

〈ミュンヘンは風が強い。のんびりとぶらつくにも時間がない。もうあまり時間は残っていないんだ、僕らには。ではまた。　田村〉

亜由美は、消印を読み取ろうとしたが、どうしても分らない。

「行方不明になる前に投函《とうかん》したんだよ、きっと」

「もう半月以上よ！　そんなにかかる？」

「たまたま遅れたんだろう」

と有賀が言った。

「ミュンヘン、ね……。あの二人の行程はどうなってたのかしら」

「しかし、まさか幽霊が出しちゃ来ないさ」

と有賀は言った。

「それとも生きてるのか……」

「それにしちゃ、呑気な文じゃないか」

「そうね。でも、意味が良く分らないわ。旅の便りって感じじゃないわよ」

「そりゃそうだな」

と、有賀は裏の写真を見て、「──ミュンヘンだって？　でも、写真は違うよ」

「どこになってる？」

「デンマークだ」

いつもそうだ。文中に必ず都市の名はあるが、裏の写真は別の場所なのだ。

一度や二度ならともかく、三度となると、わざとそうしているのかと思えて来る。

「待って。前の二枚を出すわ」

亜由美は、田村から来た二枚の絵葉書を引き出して来た。

「——一枚目はロンドンから。でも、写真はヴェニス。二枚目はパリから。写真はヴェローナ。そして三枚目がミュンヘンで、写真はデンマーク……」

「めちゃくちゃだな」

「待って」

と亜由美は言った。「——ヴェニス。ヴェローナ。デンマーク。何か思いつかない？」

二人はしばらく黙っていた。

「——シェークスピアだ」

と、有賀は言った。

「そうよ！　『ヴェニスの商人』、『ロミオとジュリエット』がヴェローナ、『ハムレット』がデンマーク」

「偶然かな」

「そんなはずないわ！　何か意味があるのよ、きっと！」

亜由美は興奮して歩き回った。そして電話に飛び付くと、

「確かめてみましょ」

とダイヤルを回した。

「何を？」

「あの二人の新婚旅行のコースよ」

と、亜由美は言った。

しばらく捜《さが》してもらって、やっと武居が出た。

「やあ、ゆうべはご苦労様」

「武居さん、一つ教えていただきたいんですけど」

「何だい？」

「田村さんたちのハネムーンのコースに、ミュンヘンは入っていましたか？」

「ええと……入ってたね、確か」

「ハンブルクで行方不明になる前に、行ってるんですか？」

「いや、ミュンヘンはもっと後だ。僕が自分でミュンヘンのホテルをキャンセルしたからね。確かだよ」

「ありがとうございます」

「何かあったの?」

亜由美はちょっとためらって、

「今度会ったときに説明します」

と電話を切った。

「——またあいつと会うのかい?」

と有賀は面白くなさそうである。

「もう監視はいいの」

「でも、何の用なんだい?」

「ゆうべ、増口さんにね、依頼されたのよ、仕事を」

「仕事?」

「そう。——果《はた》して淑子さんが本物かどうか、調べてくれってね」


「淑子は偽物かもしれん」

と増口はブランデーのグラスを手の中であたためながら言った。

広い居間のソファで、亜由美と武居は顔を見合わせた。

「そうびっくりした顔でもないな」

と増口は言った。「察していたのかね?」

「私は……その……」

と、口ごもりながら、武居は、例の、『フィアンセが死んだ』という怪電話のことを説明した。

「君は？」

増口の視線が移って来ると、亜由美は、しらを切り通すことができなかった。

「実は、田村さんが、囁いて行ったんです、あのときに……」

亜由美はそう言って、田村の謎の一言を、初めて口にした。

「――すみません。でも、あのときは、どうしていいものか分らなくって……」

「当然だよ」

と増口は肯いた。「よく話してくれた」

「するとやはり淑子さんは……」

「うむ。――親の私に分らんというのは、全くもって情《なさけ》ないが、しかたない。何しろ顔を見るのが月に一度あるかどうかだ。髪型でも変れば、もう別の女かと思う」

増口はブランデーをあけた。

「で、社長、どうなさいます？」

「事は秘密を要する」

「はい」

「人知れず、真相を探り、突き止め、解決し、片付けてしまわねばならん。分るだろう、君には」

「分ります」

「警察沙汰にはしたくない。そこで……君たちに、淑子が果して偽物かどうか、調べてもらいたいんだ」

亜由美は唖然とした。

「どうして私が……」

「淑子は女だ。いくら武居君が優秀な探偵になったとしても、しょせん、男は男でしかない」

亜由美とて、増口の言うことが分らないではない。しかし……。

「でも、私にはそんな経験も知識もありません」

「大丈夫。すべては素質だよ」

と、増口は言った。「私は長年の社長生活で、それを悟った。素質のある人間は、初めての重大な任にも、充分堪《た》えられるものだよ」

「素質だって、私……」

「私の目に狂いはない」

頭の方にあるんじゃないですか、と言いたいのを、亜由美はぐっと抑えた。

「で、引き受けて来ちゃったのか？　無茶だなあ！」

と有賀が呆れたように言った。

「仕方ないじゃないの。どうしたって断れないんだもの」

亜由美はベッドにゴロリと横になって、「それにね、やっぱり田村さんのこと心配だしさ」

「自分だって好きなんだろ、そういうことが？」

「え？　——まあね。勉強よりは面白そうじゃない」

「でも、よく考えろよ。いいか、殺人まで起ってんだぞ」

「分ってるって」

「分ってないよ。いつ命狙われるか分んないんだ。遊びじゃないんだぞ」

「遊びだなんて誰が言った？」

「じゃ何だ？」

「仕事よ。れっきとした」

「じゃ、報酬もあるの？」

「もちろん」

亜由美は、寝たまま手をのばして、机の上のバッグを取ると、中から何かを取り出して、有賀の方へ投げた。

「こ、これ……」

と言ったきり、有賀の目がギョロッと開いて、動かなくなった。

有賀の膝《ひざ》に落ちたのは、一万円札の束だった。

「百万円あるわ。本物よ。それが前金。解決したら、あとで二百万円」

「三百……万？」

「良くできました」

「ねえ、僕がボディガードになるよ」

と、有賀の目の色が変っている。

「そう頼むつもりだったの」

と、亜由美はクスクス笑って言った。

「でも、お金もらったからには、ちゃんとやらないとね」

「まずいかなあ、こんな金……」

「いいんじゃない？　あの人にとっちゃ、一日の食費ぐらいにしか思えないんだもの」

「凄いなあ！　これだけバイトで稼ごうと思ったら……」

「他にも助手がいるのよ」

「誰？」

「分んないの。今日、うちへ訪ねて来ることになってるんだけど」

——少し興奮がおさまると、

「どうとりかかるか考えなきゃ」

と、有賀が言い出した。

「まず直接彼女に会うことよ」

と亜由美は言った。

「君、知らないんだろ」

「でも、それしか手はないわ。それに、田村さんのことで、と言えば理由はつくし」

「どこにいるんだい？」

「別荘。——場所は聞いて来たわ」

「乗り込んで、『素直に白状しろ』ってやってやるか？」

「それで済みゃ簡単だけどね」

「三百万じゃ、もう少し手間がかかるだろうなあ……」

と、有賀は言った。

「ともかく、あの武居さんとも、うまく連絡を取ってやらないとね」

「あいつかあ」

と、有賀は顔をしかめたが、「ま、いいや、三百万、三百万」

「現金ね、正に」

亜由美が笑った。

ドアがトントンとノックされて、

「亜由美、お客様よ」

と母の声。

「来たようね」

二人は階段を降りて行った。玄関に、昨日の運転手が立っている。

「増口様の使いで参りました」

「どうも。あの……」

「増口様から、優秀な助手なので、信頼してくれ、とおことづけで」

「あなたが?」

「いえ、とんでもない!」

と運転手は言って、表の方へ「さ、入りなさい。照れないで」

と声をかけた。

おずおずと、〈助手〉が入って来た。

つややかな茶色の肌《はだ》をした、ダックスフントだった。

「――その犬はね、淑子が可愛がっていたんだ」

と、電話口の向うで、増口の声は笑っていた。

「でも犬が……」

「結婚式の少し前に、ちょっと具合を悪くして入院していたんだよ。だから、本物かどうか、かぎ分けてくれるんじゃないかと思ってね」

「分りました」

亜由美は受話器を戻すと、「――淑子さんの犬なんだって」

と、言った。

「なるほど。でも……ちょっと頼りない感じするけど」

有賀が言うのも道理で、今、かのダックスフントは、亜由美のベッドの上で長々とのびて眠っていた。

「番犬にはなりそうもないわね」

と、亜由美は肯いた。

「一発で、偽物かどうか分りゃ、楽勝じゃないか」

と、有賀はもう三百万円、手に入れたような顔をして言う。

しかし、亜由美には、そう物事が簡単に運ぶとは思えなかった。

電話が鳴った。

「――亜由美、女の方から電話。つなぐよ」

と清美の声がして、

「――もしもし」

あまり表情のない声が聞こえて来た。

「塚川亜由美ですが」

「私、増口淑子です」

亜由美はギョッとした。

「は……あの……どうも……」

「その節はどうも」

「こ、こちらこそ」

「色々とあわただしくて、一度お電話しようと思っていたんですけど」

「あの――何か？」

「一度ゆっくりお話したいんです」

と、淑子が言った。「私のいる別荘へ、おいでになりませんか？」

我がドン・ファン

「じゃ、増口淑子の方から、別荘へ招待して来たのかい?」

と、有賀が目を輝《かがや》かせた。「ついてるじゃないか! これこそ、飛んで火に入る夏の虫ってやつだ」

「ちょっと場違いじゃない?」

と、亜由美は言った。「こういう場合は、渡りに船って言うのよ」

「どっちだって大して変んないよ。三百万円はもうこっちのもんだぞ!」

「慎重にしろって言っといて、自分の方がよっぽど浮かれてるじゃないの」

と、亜由美は冷やかした。

「いつ出かけるんだい?」

「明日。迎えの車が来るんですって」

「明日? ——月曜日だぜ。大学、どうするんだ?」

「休むわ。しかたないじゃない。有賀君、行ったら?」

「三百万円、ふいにできるか!」

有賀は断固《だんこ》として言った。

「でも……何の用で呼ぶのかしら？」

「何か言わなかったのかい？」

「ただ話がしたい、って……」

実際、ちょっと奇妙な感じではあった。

亜由美の方には、淑子と会いたい理由がある。しかし、淑子の方には何の理由もないような気がするのである。

もし、淑子が偽物だとすると、わざわざ人を招いたりするまいとも思えた。では、淑子は正真正銘の本物なのだろうか？

「早速、このワン公の出番だ」

と有賀が、亜由美のベッドに寝そべっている茶色い円筒形《えんとうけい》の（？）ダックスフントの頭を指先でつついた。ダックスフントはちょっと頭を上げて、クゥーンと悲しげな声を上げた。

「よしなさいよ、そんなことするの」

と亜由美は有賀に言って、「これが頼りなんだから」

と、そっと頭を撫でてやった。むろん、有賀の頭ではなく、犬の頭を、である。

「そういえば、こいつの名前、聞いてなかったな」

「あ、そうだ。——どうしよう？　電話で訊こうかしら」

「適当につけたら？」

「そういうわけには行かないわよ」

「じゃ、ダックス、とでもしようよ」

「単純ねえ。毛並の良さそうな犬じゃないの。もっと上品な名前よ、きっと」

「ハイセイコーにするか」

「冗談ばっかり言って！」

と、亜由美は有賀をにらみつけた。

電話が鳴って、取ってみると、

「増口さんって方だよ」

と母親の声。

「——亜由美です」

「やあ、増口だ。さっきはすまん」

淑子かと思ったら父親の方である。

「忘れていたことがあってな。その犬の名前を教えなかったろう」

「まあ、ちょうど良かった。今お電話してうかがおうと思ってたんです」

「そうか。その犬はドン・ファンと言うんだ」

「ドン・ファン?」

「そう。なかなか乙な名前だろう」

「はあ……。あんまり犬らしくありませんね」

「いや、そいつにはピッタリの名前なんだ。その内分る。じゃ、よろしく頼む」

「あの——」

「ああ、それから、食べ物はかなりぜいたくしとるから、大体人間並に扱ってやればよろしい。食後は紅茶を一杯やってくれ」

「紅茶を……」

「そう。ウイスキーを一滴落とすともっと喜ぶ。では、忙しいので、これで失礼する」

「あ、増口さん、あの——」

淑子の方から招待の電話があったことを伝えようとしたが、もう電話は切れてしまっていた。

「——へえ、お前、ドン・ファンなの」

有賀がダックスフントの鼻先をチョイとつついた。

「俺の彼女、取るなよ」

亜由美はいやに難しい顔で考え込んでいる。

「おい、どうしたんだ?」

と有賀は声をかけた。

「うん……。どうも気になって来たのよ」

「何が？」

「増口さんのこと。――娘の夫が行方不明、娘は別荘へ引きこもってる。そこへ娘が偽物かもしれないという疑惑が起る。それはどういう意味だと思う？」

「意味って？」

「つまり――偽物が娘になりすましているとしたら、本当の娘はどうなったのか、それが親としては心配になるでしょう」

「そりゃそうだろうな」

「ところが、増口さんは、その調査を人任せにしてるわ。武居さんはともかく、私のような、見ず知らずと言っていい娘に任せるなんて、無茶じゃない？」

「なるほどね」

「他の女が娘になりすましているということは、本物の娘は、もしかしたら殺されているかもしれない。それぐらいのこと、あの増口さんが分らないわけがないのよね」

亜由美は名探偵よろしく、じっと眉を寄せて考え込んだ。「それなのに、あんな呑気なことを言って……。何かあるのよ。きっとそうだわ」

「何かある……ってどういうこと？」

「つまり――私たちに話したのと別の事情が――もしくは、それ以外の何かがあるんだと思うわ」

「どんなことが？」

「そんなもの分るわけないでしょ」

と、亜由美はちょっと苛立って、「有賀君も少し考えてよ」

「僕はボディガードだぜ。頭を働かす方は任せるよ」

と、有賀はてんで頼りない。

亜由美は、ベッドに長々と――正に、ダックスフントは長々という感じである――寝そべっている〈ドン・ファン〉と、有賀を交互に眺めて、ため息をついた。何だか心細いトリオだこと。

「どうしたんだい？」

有賀が不思議そうに訊いた。

「いえね、あなた方、そうやって寝そべってると良く似てるから、ひょっとして、従兄弟同士か何かかと思ったの」

と亜由美は言った。


「――そうなんです。淑子さんの方から、ご招待いただいて」

夜、もう寝ようかと思っているところへ、武居から電話が入った。亜由美が事情を話すと、

「それはいいチャンスだね」

と武居は言った。「僕も一緒に行きたいがそれでは向うも警戒するかもしれない」

「ええ、大丈夫ですわ」

「まあ、無理をしないで、充分に気を付けてね。もし何か危なそうだと思ったら、ホテルへ電話してくれ。いいね？」

「よろしく」

——亜由美は電話を切った。どうも、色々考えて、明日、淑子と会うのが怖くなっていたのだが、武居の声を耳にして、大分落ち着いた。

居間へ戻ると、母親の清美が、

「本当に紅茶をおいしそうに飲んだわよ、この犬！」

と言いながら入って来た。

亜由美はつい笑い出した。清美の腕の中で、ドン・ファンが、何とも窮屈そうな迷惑顔をしていたからだ。

「おいで、ドン・ファン」

と亜由美が声をかけると、清美の腕からスルリと脱出したしなやかな茶色の体が、ト

ットと床を滑って、亜由美の膝の上に飛び上った。

「わあ、重たい。あったかくって、面白いわね、お前は」

「明日、どこかに行くの？」

「ちょっと知り合いの人の別荘にね」

「へえ。泊って来るのかい？」

「大学あるもの。もし泊るなんてことになったら、電話するわ」

「立派な所なのかね」

「だと思うけど」

「――一泊いくらだって？」

と清美は真面目な顔で訊いた。

亜由美はドン・ファンをかかえて、二階の部屋へ上った。

風呂《ふろ》を済ませて、さて寝るか、と伸《の》びをする。

しかし、本当に妙なことが続くものだ。

田村の失踪、血のついた上衣。武居を襲《おそ》ったトラックの謎。大金持の娘の、身替りの疑惑、それに対する父親の奇妙な態度。

そして――そう、桜井みどりが殺されたこと。消えるはずのない状況で、犯人はどうやって逃げたのか？

　みどりが、殺される前に、『武居に近付くな』と言ったのはなぜなのだろう？

　それに、殿永刑事のこともある。桜井みどりの件で、取り調べがいとも簡単に終ってしまったのはなぜなのか。何か特別な理由でもあったのかどうか……。

　考え出すと、分らないことばかりである。

　考えながら、ゆっくりと服を脱《ぬ》いでいると、何となく、足下に何かあるのを感じて、ヒョイと目を下へ向けた。

　ドン・ファンが目の前にチョコンと座って、じっと亜由美を見ている。

「まあ、失礼ね！　レディが着替えをしてるところを見るなんて、お前も趣味が悪いわよ」

　手早くパジャマを着る。——明日は、増口淑子の別荘だ。

　早く眠って、殺人犯と取っ組み合っても負けないようにしなくちゃ——というのは、もちろん空想の上での話である。

　しかし、実際、桜井みどりを殺した犯人がいるのだから、その危険も、全くないとは言えない。

「ま、いいや」

　と呟いて、亜由美は明りを消し、ベッドへスルリと潜り込んだ。

　しかし、どうにも目が冴《さ》えてしかたないのだ。一旦、人殺しなどということを考え始めると、桜井みどりの死体を見付けたときのショックがよみがえって来る。そして、講義中の居眠《いねむ》りで見た、あの、死んだ田村が迫って来る、恐ろしい夢。

そうだ、謎といえば、もう一つの、田村からの、絵葉書のことがある。

そっけない文面と、裏の写真が、どれもシェークスピアと関《かかわ》りのある地のものであること……。あれは何の意味なのだろう?

亜由美の知っている限り、田村は、シェークスピアを、それほど愛読してはいなかった。もちろん、勉強家の田村である。読んでいないはずはないが、シェークスピアについて話すのを聞いた憶えはないのである。

そうなると、あの葉書には、何か隠された意味があるのだろうか?

だが、それをなぜ、亜由美へ出しているのか。そして、行方不明になったあとで立ち寄るはずだったミュンヘンから、投函されているのはなぜか?

田村が実は生きていて、自らポストへ入れたのか、それとも誰かが、田村が生きていると見せかけるために入れたのか。

考え出せば出すほど、謎が深まり、出口がない迷路をさまよっているような気さえするのだ……。

こんなことしてちゃ、朝まで眠れないわ、と亜由美は目をつぶって眠ろうとした。眠れそうもない、と心配しながら、いつしか眠りに引きずり込まれて……。

ドアが開いた。

あ、また夢だわ、と亜由美は思った。ドアの外は、青白い光が満ち満ちて、真暗な室内にその光が流れ込んで来る。

誰かが入って来る。――田村さんかしら？

しかし、光を背に受けたシルエットは、どことなく田村らしくなかった。武居さん？

それとも――増口ではなさそうだ。あのずんぐり、丸っこい体型とは、大分違っている。

「誰なの？」

ベッドの中から、亜由美は声をかけた。その人影は、まるで宙を浮いているかのように、音もなく近付いて来て、ベッドの足下の方へ立った。

「誰？　返事してよ」

と、亜由美は呼びかけた。「――やめて！」

と叫んだのは、その男が、ベッドの毛布をめくったからだ。

「何するのよ、失礼ね！」

亜由美は起き上ろうとして、愕然とした。体が動かないのだ。手も足も、指一本動かせない。――男は毛布の中へ頭を突っ込むと、亜由美の足の間へ、潜《もぐ》り込んで来た。

「やめて！　やめてよ！　出てって！　やめて！」

男の体重が、亜由美の上を進んで来て、脚の膨みを圧迫した。

「重いわ、苦しい……。どいて……向うへ行ってよ！」

亜由美は身をよじろうとした。辛《かろ》うじて、少しずつ体が動くようになって来る。

「やめて！　何するのよ！」

その男の頭が、パジャマの下へ、潜り込んで来たのだ。「いやよ！　――やめて！」

と亜由美は叫んだ。

男が悲しげな声を出した。

「クゥーン……」

――亜由美はハッとベッドに起き上った。胸が苦しいのも当り前だ。上に、あのドン・ファンが、のっかっているのである。

「こら！　どきなさい！」

と手で押しやると、ダックスフントは、床へストンと降りて、亜由美の方を見上げ、クゥーンとまた声を上げた。

「ああびっくりした……」

亜由美は胸までまくれていたパジャマをあわてて引きずりおろした。どうやら、あの犬がベッドの足の方から潜り込んで来たらしいのだ。

「お前……どういう趣味の持主なの？」

亜由美は呆れて言った。「——あ、そうか、それで、ね」

きっとこのダックスフント、女の子のベッドに潜り込むのが好きなのだろう。なるほど、それで〈ドン・ファン〉か。

増口が言った言葉の意味が、やっと分った。

ドン・ファンの行方不明

「おい、寝るなよ」

有賀につつかれて、亜由美は目を開いた。

「あ――ごめん、つい、ね……」

亜由美は目をこすりながら、「今、どこ走ってるの？」

と車の外を見た。

山の中の道である。といって、そんな山奥《やまおく》ではなさそうだ。

「奥多摩《おくたま》の辺りだな」

と、有賀は言った。

「じゃ、昔ハイキングなんかに来た所ね」

――良く晴れて、快い日和《ひより》だった。

増口淑子からの迎えの車は、十時ぴったりにやって来た。ベンツで、見るからに高級車の貫禄《かんろく》。母の清美が、目を丸くしていた。

有賀とドン・ファンを従えて乗り込み、走り出すと、さすが大型車で、滑らかな走りと乗り心地の良さ。ついつい、眠気がさして来て、という次第であった。

「ゆうべ夜ふかししてたんだろ」

と有賀が言った。

「まあね」

亜由美は欠伸しながら、「何しろベッドに侵入して来る不届き者がいて……」

「何だって？」

有賀が顔色を変えて、「そ、それは誰だい？」

「ドン・ファンよ。――もう、追い出しても追い出しても入って来るんだもの。参っちゃう」

「何だ、そうか」

と有賀が笑いながら言った。「きっと、美女は分るんだぜ」

「それは確かなようね」

亜由美は澄まして言った。「――まだ大分かかるのかしら？」

「もう間もなくですよ」

と、運転手が言った。

「どうも……」

亜由美は、その運転手を見たとき、何だか、どこかで見たような人だ、と思った。しかし、どこで見たのかは思い出せないのだが……。

若くて、まだせいぜい三十くらいだろう。なかなか知的な容貌の男だった。ベンツのような高級車を運転するにふさわしく、きちんと背広にネクタイ、白手袋だ。

たぶん、結婚式のときにでも見かけたのだろう、と亜由美は思ったが、それでも、どこか引っかかるものが残っていた……。

車は、林の間の細い砂利道《じゃりみち》へと入って行った。

「この奥です」

と運転手が言った。

「静かな所ね」

と、亜由美が言い終らない内に、白い、山小屋風に造《つく》られた、洒落《しゃれ》た山荘が現れた。

「——素敵《すてき》！」

思わず、亜由美は呟いていた。

ベンツが入口のドアの前に横づけになる。運転手は急いで表に出ると、後ろのドアを開けてくれた。

亜由美と有賀が降り立つと、ドン・ファンもヒョイと出て来て、ここには慣れているのか、尻尾を振りながら、別荘のわきの方へと走り出した。

「あ、こら！　ドン・ファン！」

と亜由美は追いかけようとしたが、ドアが開いて、

「よくいらして下さったわね」

と、淑子が姿を見せたので、足を止め、

「どうもお招きいただいて――」

と、頭を下げた。「こちらは私の友だちなんです。あの――有賀君といって、同じ大学にいます」

亜由美は、淑子の表情をじっとうかがっていたが、そこには、迷惑そうな気配は、全く見られなかった。

「ようこそ。どうぞお入りになって」

と、微笑んで見せる。

「し、失礼します」

有賀の方が少し緊張している。

亜由美が、ドン・ファンの走って行った方を気にしていると、

「どうかしまして?」

と、淑子が訊いた。

「あ――いえ、別に。静かでいい所だな、と思ってたんです」

「その点だけは、ね。でも、静かすぎて、墓場のようですよ」

新婚早々、夫を失った女性にしては、〈墓場〉とは大胆なことを言うもんだわ、と亜由美は思った。

「どうぞ中へ――」

と、淑子が促《うなが》した。

広々とした居間のソファで寛ぎながら、

「突然、こんな風にお呼び立てしてごめんなさいね」

と、淑子は言った。

――この別荘には、もちろん淑子一人でいるわけではない。手伝いの女性が二人、一人は中年の太ったおばさん風、もう一人は、まだ若い――たぶん亜由美より若いくらいの娘だった。

若い娘が、淑子と亜由美、有賀に、紅茶を出した。

「色々大変でしたわね」

と、亜由美は言った。

「ええ。もう二度と外国なんか行きたくありませんわ」

「当然でしょうね」

と、亜由美は肯いた。「それで……あの……お話というのは？」

「田村さんのことなんです」

と言ってから、淑子は、ちょっと照れたように、

「――変ですね、結婚したんだから、『夫』とか『主人』と言えばいいのに、つい田村さんと呼んでしまいますわ」

「私も心配しているんですけど」と、亜由美は言った。「どうでしょう？　田村さんは生きていると思われますか？」

淑子がどう答えるか、亜由美は興味があった。

「生きています」

淑子は、あっさりと言った。

「確か……ですか？」

亜由美は、念を押《お》した。

「証拠を出せと言われれば、何もありません。でも、あの人がそんな目に遭うということが考えられないんです」

「つまり――」

「あの人は危ない所へ行くような人じゃないと思うんです。――そんなに長くお付合いしたわけじゃありませんけれど、その程度のことは分ります」

「同感ですわ」

と、亜由美は肯いた。

「ありがとう。そうおっしゃっていただけると嬉しいわ」

「田村さんは、何か好きなことのためなら、本当に我を忘れちゃうんですけど、それ以外なら、とても慎重な――というか、気の弱い人だと思います」

「本当にそうね。ああいう、ちょっと世間離れしたところにひかれたんだけど……」

全く、田村という人間は浮世離れしたところがあるのだ。

「じゃ、田村さんはどうなったんでしょうか?」

と、亜由美は言った。

「私には見当もつきません」

と、淑子は首を振って、「あなたに、何か考えはあります?」

「さあ……」

亜由美は、偽物かもしれない淑子へ、あれこれ打ち明けるわけにもいかないので、曖昧に首をかしげて見せた。

「実は、今日わざわざ来ていただいたのは、わけがあるんです」

と、淑子は立ち上ると、飾り棚についた小さな引出しを開けに行った。

亜由美は、そっと有賀と視線を合わせた。――ドン・ファンのことが気にかかっていた。

どこへ行ったんだろう?　肝心なときなのに……。

「これを見て下さい」

と、淑子が差し出したのは、一枚の絵葉書だった。

「まあ、この字は——」

「彼の字でしょう？」

「ええ、そう思えます」

宛名《あてな》は〈田村淑子様〉となっていた。

差出人の名前はない。

そして、通信欄も空白のままである。ただ、宛名だけが書かれているのだ。

「どういう意味だと思いますか？」

と、淑子は訊いた。

「分りませんけど……。消印は——」

「よく見えないんですけど、何とか解読しました。ハンブルクなんです」

「じゃ、田村さんが行方不明になった所ですね」

「ただ日付は読み取れないんです」

「いつこちらへ着いたんですか？」

「ここへ着いたわけじゃありません。新婚旅行から帰った後、私たちが住むことになっていたマンションに届いていたんです。昨日、あれこれと必要な品も置いてあるので、行ってみると、それが郵便受に入っていました」

「じゃ、いつ配達されたかは分らないわけですね」

「そうなんです。でも――あの人は、ハンブルクに着いて、その日の夜に失踪したんですから、絵葉書を――それも自分の妻宛に出すなんておかしいと思いませんか？」

淑子の様子は、今までのところ、ごく自然だった。偽物なら、本物らしく見せるために、却ってわざとそれらしく振る舞うのではないかという気がしたが、少なくとも、亜由美の目には、そんな印象はなかった。

淑子は、ごく地味なワンピース姿で、いかにも、いい育ちの令嬢という様子だった。あの結婚式のときの、冷ややかな印象は薄れている。

あれは、濃い化粧と、緊張感のせいだったのだろうか。

「つまり――田村さんは、失踪した後で、これを出した、と？」

「他に考えられませんわ。そうじゃありません？」

「でも、何も書いてないのはどうしてなんでしょう？」

「分りません。書けなかったのか、それともわざと書かずに出したのか……。ただ、自分が生きていることを私に知らせるために出したのかもしれません」

「向うで何をしているにせよ、生きていれば、何か連絡があるんじゃないでしょうか。連絡できる状態ならば」

「私もそう思うんです」

淑子は肯いて、「何か、とんでもない犯罪にでも巻き込まれたのかも……。ヨーロッパはあれこれと、密輸だの何だの、犯罪者がいるでしょう。特にハンブルクは港町ですから……」

確かに、まるで小説のような、荒唐無稽《こうとうむけい》に思える話だが、そういう事件が実際に起りうるのがヨーロッパという所らしい。

「じゃ、田村さんも、何かを見てしまったりして、捕まったのかもしれませんね」

と、亜由美は言った。

「それが心配なんです。そんな夢を見て、うなされてしまうのもしばしばですわ」

と淑子は言った。

亜由美は、絵葉書を裏返してみた。古城の写真だ。

城といっても、戦闘用の武骨なものではなく、貴族の館というような建物だ。

どこだろう？　ドイツではなさそうだ。——コーダー。コーダー？

どこかで聞いた名前だ、と思った。

「妙でしょう？」

と、淑子が言った。「ハンブルクの消印なのに、写真はイギリスのお城なんですもの」

「コーダーですね。どこかで聞いたことのある名前だわ」

そこへ、有賀が口を挟んだ。

「〈マクベス〉だ」

「え？」

「コーダーの領主だよ。シェークスピアの〈マクベス〉がコーダーを舞台にしている」

「まあ、そうだわ、気が付かなかった」

と、淑子が言った。「良くご存知ね」

「いえ、まあ……」

などと、有賀は照れて口ごもっている。

シェークスピア！　またしてもシェークスピアなのだ。

一通だけが、淑子の所へ届いている。これは何の意味なのだろうか？

「――失礼します」

お手伝いの若い娘が入って来た。「お嬢様、神岡さんが――」

「何かしら？」

「ちょっとお話があるそうですけど」

「じゃ、ここへ入ってもらって」

「はい」

「それから、『奥様』って呼んでね、分った？」

「はい、すみません」

淑子は、亜由美の方へ、

「神岡さんって、あなた方を乗せて来た運転手さん」

と、説明した。「若いけど、腕のいい人なんですよ。──ああ、どうかしたの？」

あの運転手が入って来ると、

「失礼します。実は犬のことで──」

「犬？　何のこと？」

「あの──」

と、亜由美は言った。「実は、お父様から頼まれて、犬のドン・ファンを連れて来たんですの」

「まあ！　ドン・ファンが来てるなんて……」

淑子は嬉しそうに手を打った。「神岡さん、すぐ連れて来て」

「はあ、それが逃げてしまいまして」

「逃げた？　ドン・ファンが？」

「さようです。車から出ると林の中へ飛び込んで行ってしまって」

「それじゃきっと、骨か何かを埋めてある所へ行ったのよ。思い出したんでしょ」

「戻ってくるのを待っていたのですが……」

「何かあったの？」

「突然、林の中でキャンキャンと激しく吠《ほ》える声がして、それきりバッタリと――」

「ドン・ファンの声？」

「そうだと思います」

「いやだわ。何かに襲《おそ》われたのかしら」

と、淑子は心配そうに言った。

「この辺に、そんな大きな動物はいないと思いますが」

「捜してみましょう」

淑子は立ち上った。「あの、すみませんけど、ちょっと失礼しますわ」

「私たちもお手伝いします」

「でも――申し訳ないわ」

「いいえ。ねえ、有賀君？」

「う、うん。――もちろん一緒に捜しますよ」

「すみません。じゃ、行ってみましょう」

神岡という運転手を先頭に、四人は、別荘の表に出た。

「あっちで声がしたようでした」

と、神岡が指さしたのは、さっきドン・ファンが駆けて行った方向である。

「じゃ、少し離れて歩いてみましょう。あれは頭のいい犬ですから、呼べば返事をしてくれます」

――かくて、ダックスフントを求めて、四人の声が林の中を、『ドン・ファン！』『ドン・ファン！』と響《ひび》き渡ったのである。

林の中の足音

三十分近く、四人は林の中をぐるぐると歩き回った。

「——ああ疲れた」

日頃《ひごろ》から運動不足である。亜由美も少々へばって来て、淑子たちと少し離れたので、木にもたれて休んだ。

それにしても、あのドン・ファン、どこへ行ってしまったのだろう？　何かに襲われたとしても……いや、〈何か〉ではなく、〈誰か〉かもしれない。

ドン・ファンが淑子に会ってはまずいと思った誰かが、ドン・ファンを殺して……。

いや、そこまではちょっと考え過ぎだろう。——まさか淑子がドン・ファンを殺させたなどとは……。

突然、手がのびて来て、亜由美の肩に置かれた。

「キャッ！」

亜由美は飛び上った。

「びっくりした？」

立っているのは、有賀だった。

「何よ、もう！」

亜由美は有賀をにらみつけてやった。

「さぼっちゃだめじゃないか」

「そっちだってさぼっててんでしょ。私は考えてたのよ」

「何を？」

「決ってるじゃない。あの人が本当の――」

「しっ！　聞こえたらどうすんだよ」

「あ、そうか」

亜由美はチョイと舌を出した。「――でも、今のところごく自然ね。そう思わない？」

「うん……。美人だな」

「何を考えてんのよ！　――ともかく、ドン・ファンが見付からない以上、私たちで探る他はないわ」

「どうやって？　大体さ、考えてみると無茶なんだよな。こっちは、本物も何も、全然増口淑子ってのを知らないわけだろ？　比《くら》べようがないものな、もし偽物だとしても」

「それはその通りね」

「それなのに、三百万も出すなんて、やっぱり増口って、どこかおかしいんだよ」

「分ってるのよ、きっと。分らないはずはないわ」

「それでも僕らを行かせようとする。なぜだい？」

亜由美は首を振った。そして、ふと、思い付いた様子で、

「そうだ！　どうして気付かなかったのかしら」

と拳でコンと自分の頭をつついた。

「何を？」

「使用人よ！　あの運転手とか、お手伝いの人――あの女の子がいいわ。一番、淑子さんの身近にいるわけじゃない」

「そうか。おかしなことがあれば気が付くはずだな」

「もちろん、誰かが淑子さんになりすましてるとしたら、充分に詳しく淑子さんのことを調べてると思うわ。だけど、毎日の習慣やくせまでは、とても真似できっこないわ」

「そうだな、毎朝起きてから、顔洗うのが先か便所に行くのが先かとか――」

「もうちょっとましな例が出て来ないの？」

と、亜由美は顔をしかめた。

「ごめん」

「ともかく、その辺を訊いてみましょ。あの若い方のお手伝いさんなら、きっと話ができるわ」

「何なら僕が迫ってみようか、この二枚目の魅力で」

「三枚目のホットケーキみたいな顔して何言ってんの。ここは私に任せてよ」

と亜由美は言って、「さて、また少しドン・ファンを捜してみる？　淑子さんたちの声、ずいぶん遠くなっちゃったわね」

「あっちに任せて、僕らは休んでようよ」

「怠惰《たいだ》ねえ」

「くたびれるんだよ、こういう所歩くのは」

「だらしない」

と、亜由美は笑って、「じゃ、一つ元気づけてあげるわ」

と言うと、有賀にヒョイとキスした。

「もう一度、ゆっくりしてくれると、元気が出るんだけど」

「残念でした。腹八分目よ。それじゃ――」

と言いかけて、亜由美はギョッとした。

背後の茂みの奥で、ガサッと何かが音を立てて動いたのだ。

二人は、顔を見合わせた。

「今の……」

「誰かいる」

「ど、どこだった？」

「あの辺だ。動いたからな。――犬じゃないぞ」

「そうね。あの犬ならもっと低い所で音がするわ」

亜由美は、有賀の背中をつついた。

「ほら……ボディガードでしょ」

「え……うん、分ってるよ」

有賀は、あまり気の進まない様子で、こわごわ、その茂みの方へ足を進めて行った。

「こ……こら……誰かいるのか？」

声が少々震《ふる》えている。あんまり頼《たよ》りにはならない。

「――有賀君、気を付けて」

と亜由美が声をかけた。「殺人犯かもしれないわ。中からいきなりナイフが出て来るかも……」

こういうときは、ついおどかしてみたくなるのが、亜由美の悪いくせである。

「よ、よせよ……。おい、出て来い！　誰かいるんだろ！　いないのか？」

「ぐっと踏み込んで捕まえてよ」

「人のことだと思って気楽に言うない」

と、有賀は文句を言いながら、茂みの方へ頭を突《つ》き出し、「おい……出といでよ。いい子だから……」

「迫力ないなあ」

と、亜由美はため息をついた。――と、突然、

「ワッ！」

と悲鳴を上げて、有賀が茂みの中へ吸い込まれるように消えた。そして、

「この野郎！　何するんだ！」

と、有賀の声がして、「いてえ！」

ドサッと倒れる音。

「有賀君！」

と亜由美は呼んだ。「しっかりして！」

ザザッと音がして、

「どうしました？」

と、駆けつけて来たのは、運転手の神岡だった。

「あ、あの――そこの茂みに何かいて、有賀君が――」

神岡が茂みを飛び越えようとして、

「――大丈夫ですか！」

とかがみ込んだ。「倒れてますよ」

「まあ！　——有賀君！」

亜由美が茂みをかき分けて行くと、有賀が頭をかかえながら、起き上るところだった。

「どうしたの？　大丈夫？」

「うん……。何だかいきなり後ろから取っ捕まってコツン、と……。ああいてて……」

有賀は顔をしかめた。

「相手は？」

「さあ。全然見えなかったよ。でも、あの犬じゃないことだけは確かだ」

「逃げたようですね、何もいない」

神岡は有賀を支えて立たせた。「この辺にホームレスが出るって話も聞かないけど、一応用心した方がいいですね。おけがは？」

「いいえ、どこも。——ちょっと頭にコブができたくらいかな」

「手当しといた方がいいですよ。もう中へ入りましょう。お嬢様も、ドン・ファンを捜《さが》すのを諦《あきら》めたようです」

「結局見つからずに？」

「どこへ行っちまったんでしょうかね」

と、神岡は首を振った。「別に死体もないし、血の跡があるわけでもないし……」

「心配ですね」

と、亜由美は言った。

「こっちのこともちょっとは心配しろよ」

有賀がふくれっつらで言った。


「――じゃ、泊めていただけるんですか？」

と、亜由美はナイフを止めて言った。

といって、別にナイフを突《つ》きつけていたわけではない。まるで都内の一流レストランが引越《ひっこ》して来たような、みごとな夕食の最中だったのである。

「ええ、もちろん。よろしいんでしょう？」

「それはもう……。うちには別荘なんてものはありませんから、一度泊ってみたかったんです」

「よろしかったら、いつまででも」

と淑子が微笑む。

「それじゃ大学を退学させられます」

と、亜由美は笑顔で言った。

「もちろん有賀さんもご一緒《いっしょ》に、ね」

淑子に言われて、貪《むさぼ》るように食べていた有賀は、あわてて水をガブ飲みした。

「――ど、どうもありがとうございます」

と、やっとの思いで言う。「しかし、おいしいですね、この肉は」

「よろしかったら、おかわりなさって下さい」

「いいんですか?」

と、目を輝かせる。

亜由美は、ちょっと横目で有賀をにらんだ。――そんなに食べて、苦しくて動けなくなっても知らないからね!

――食事の後、あの若いお手伝いの娘が、コーヒーポットを運んで来た。

「ああ、邦代さん」

と、淑子が呼びかける。「今夜、お二人ともお泊《とま》りだから。お部屋の仕度《したく》をね」

「かしこまりました」

と、邦代と呼ばれたその娘は、コーヒーを注ぎながら、「お二人、一緒のお部屋でよろしいんですか」

と訊いた。

「どうします?」

「もちろん別々にして下さい!」

と、亜由美は断固として言った。「この人は押入れでも構いません」

「面白いわ。お二人とも」

淑子は屈託《くったく》なく笑った。「じゃ、お隣同士の部屋を用意しますわ。それならいいんでしょ？」

「鍵はかかります？」

と、亜由美は真顔で訊いた。

食事の後、居間へ移ると、淑子は、亜由美に、大学での田村のことを何でもいいから話してくれ、と言い出した。

「あの人のことを少しでも知りたいの。きっと帰って来ると信じてるから」

と淑子は言った。

亜由美は、とりとめのない、エピソードを思い出すままに話したが、淑子の方は、じっと、身を乗り出すようにして聞いている。

そして、亜由美は、淑子の目に涙が光っているのに気付いた。——これはきっと本物の淑子なんだ、と思った。

偽物が、なりすましているのなら、できるだけボロがでないように、田村の知り合いの人間に、泊《とま》って行けとすすめたり、あれこれ訊いたりはしないだろう。

これが演技なら、正に名演である。

「──淑子さん」

と、亜由美は言った。「実は、私のところにも、絵葉書が来ているんです」

「え?」

淑子は、ちょっと意味をつかみかねているようだったが、すぐに、頰を紅潮させた。

「一応、文章も書いてあります。でも、あんまり意味はない内容ですけど」

「どういう内容ですか」

亜由美は記憶を頼りに、大体のところを説明した。

──しゃべってはいけなかったかな、と思ったのは、話し終った後で、それは、大体があわて者の亜由美としては、いつものことであった。

しかし、口から出てしまったものを、もう取り戻すことはできない。チラッと有賀の方へ目をやると、肝心のボディガードは、満腹になったせいか、スヤスヤと眠っていた。

「やっぱり生きてるんだわ、あの人は」

と、淑子は声を弾ませる。「今度、その葉書を見せて下さいな」

「ええ、もちろん。でも、一つ分らないのは、なぜ、シェークスピアが出て来るのかっていうことです」

「本当ね。ええと──ヴェニスとデンマークと……」

「ヴェローナです。そして淑子さんのところへ来た、コーダー」

「『マクベス』『ハムレット』『ヴェニスの商人』『ロミオとジュリエット』ね。――あんまり内容的な関連はないわね。悲劇も喜劇もあるし……」

「ともかく、田村さんが出していることだけは確かですね」

淑子は深々とため息をついて、

「あの人は何をしてるのかしら」

と呟いた。

「――失礼します」

邦代という娘が入って来る。

「ああ、もう片付けてちょうだい」

「はい、お部屋の方は仕度しました」

「どうもありがとう。ご案内してあげて」

淑子は立ち上ると、「じゃ、どうぞごゆっくりなさって下さい。まだお休みにならないようでしたら、どうぞこの部屋を自由にお使いになって構いませんから」

亜由美と、やっと目を覚ました有賀は礼を言って、邦代という娘について居間を出た。

「お二階です」

と、邦代が、先に立って階段を上って行く。

「――あなたは住み込みなの?」

と、亜由美は訊いてみた。

「ええ。一階の奥の部屋で休みます」

「大変ね」

「いいえ、却って、朝早く出て来るより楽ですし。お金の節約にもなりますもの」

見かけによらず、がっちりした現代っ子らしい。

二階の廊下を挟んで、いくつかドアが並んでいる。

「ずいぶん部屋があるのね」

「お客様を、十人までお泊めできるそうです」

「十人ね！」

まだ眠そうな有賀は、頭を振って、

「うちは客なんて一人も泊る余裕がないぜ。せいぜい軒下《のきした》で野良猫一匹だな」

と言った。

「――こちらが塚川様。あちらが有賀様の部屋です」

「ありがとう」

「失礼します」

邦代が行ってしまうと、亜由美はドアを開けた。――客間としては立派なものだ。超一流ホテル並みとはいかないにしても、なまじのペンションやビジネスホテルより、よほどゆったりして、ベッドも広い。ちゃんとトイレとシャワーまで付いている。

「――同じ造《つく》りか」

と、有賀が入って来る。「ただ、左右対称だな」

「何よ、レディの部屋へ入るときはノックしなさい」

「まだ裸《はだか》でもないんだからいいじゃないか」

「当り前よ。――後であの邦代さんって子の所へ行ってみるわ。何か聞き出せるかもしれない」

「気を付けろよ。こんな目に遭わないようにね」

有賀は頭のコブを撫でて見せた。

「――ドン・ファンがいなくなったのは気になるわね。それに、あなたを殴《なぐ》った人間……」

「今夜は用心した方がいいぞ」

「何よ、そのためにボディガードがついて来たんでしょ」

「今夜はだめ。たらふく食ったら、もう眠くて眠くて……」

「ひどいなあ。朝になったら、私が殺されてた、なんてことになったたって知らないわよ」

「そしたら泣いて悔《くや》むよ」

「それだけ?」

「香典《こうでん》も出す」

亜由美はつい笑ってしまった。――ドアをノックする音。

「塚川さん。いいかしら?」

淑子の声だ。ドアを開けると、有賀に気付いて、

「あら、お邪魔《じゃま》したかしら?」

「いいえ、とんでもない」

「あの――ちょっと妙なことを訊くようですけど、さっきの田村さんからの葉書、どこへ行ったかご存知ありません?」

亜由美と有賀は顔を見合わせた。

「――ないんですか」

「ええ。いざ、しまっておこうと思って、捜したんですけど、見当らなくて。引出しも調べましたし、邦代さんに手伝ってもらって、居間《いま》の中をくまなく捜したんです。でも、どこにも……」

「変ですね。有賀君、知ってる?」

「いいや。全然、分らない」

「そう……」

淑子は、ちょっと落ち着かない様子で、

「何だかいやなことでも起りそうだわ」

と独《ひと》り言《ごと》のように呟いた。

「淑子さん――」

「いいえ、きっとどこかから出て来るわ。ごめんなさいね、お邪魔して」

と、淑子は会釈《えしゃく》して出て行った。

亜由美と有賀はしばらく黙り込んでいた。

「誰かが盗《と》ったのかしら？」

「さあ……。ともかく、彼女、ずいぶん気落ちしてる様子じゃないか」

「そうね。本当に田村さんのことを愛してるのよ。――私、そう思うわ」

亜由美は、自分に言い聞かせるような口調で、そう言った。

傾いた針

有賀におやすみを言って、一人になると、亜由美は時計を見た。十時半だ。まだ宵《よい》の口、とは行かないにしても、寝るには早い。

「そうだ。家へ電話しておこう」

と呟く。

さすがにホテルではないから、各室に電話までは付いていない。インターホン式のものがあるが、外へかけられるような電話はないのである。

「確か二階にも、廊下にあったような――」

部屋を出て、廊下を見渡すと、あったあった。――受話器を上げてみると発信音も聞こえる。

早速自宅へかける。

「はい、塚川です」

「あ、お母さん、私よ。今夜は、こちらの別荘にお世話になるからね」

「そう、ついでに二、三日泊めていただいたら?」

「まさか。明日は帰るから」

「分ったよ」

と清美は言って、「有賀君も一緒なんだね？」

「そうよ」

「じゃ、まあ巧くやりなさい」

「――巧くって？」

「妊娠しないように気を付けなさい。それじゃ」

「あの……」

電話は切れていた。亜由美は、呆れ顔で受話器を戻した。

物分りのいい母親、と感謝すべきなのかどうか……。

カチリ、とドアの閉る音がした。亜由美はギクリとして振り向いた。

廊下に人影はなく、どのドアも閉ざされていた。そのどれがカチリと鳴ったのか、亜由美には見当もつかない。

誰かが、ドアを開けて、亜由美の電話を聞いていたのだ。しかし、誰が？

亜由美は、急に寒々としたものに捉《とら》えられて、部屋に戻った。

まだ、あの邦代という娘の所へ行くのは早いだろう。その前にシャワーでも浴びてしまおうか。

亜由美はドアのかけ金をかけて、それからベッドのわきに服を脱いだ。

裸になってシャワールームへ入り、カーテンを引く。コックをひねると、ちょうど少し熱めの、快適な雨が降り注いで来る。

手早く浴びるつもりが、気持いいので、つい手間取って、バスタオルを体に巻いてシャワールームから出たときは、少しのぼせ気味ですらあった。

「――さあ、服を着て、と……」

亜由美は、時々、やらなくてはならないことを口に出して言ってみて、自分を動かす、ということをやる。そうしないとなかなか動かない、怠惰人間なのかもしれない。

服を着て、バスタオルを戻そうとしてベッドの上から取った。そして――手が止った。

ベッドの上に、一枚の絵葉書があった。

取り上げる手が震えた。間違いない。コーダーの城の写真。表の宛名だけの筆跡。

それは、淑子が失くなったと言っていた、田村からの絵葉書であった。

事の意外さに、亜由美はしばらくその場に突っ立っていた。そこに絵葉書があったことそのことも驚きだったが、自分がシャワーを浴びている間に、誰かがここへ入って来たのだということも、亜由美を不安にさせていたのだ……。

一体誰が、こんなことをしたのだろう？　何のために？

亜由美には、見当もつかなかった……。

しかし、一体、この絵葉書、どうしたものだろう？

亜由美はベッドに座って考え込《こ》んでいた。淑子の所へ返しに行っても、どう説明しよう？

シャワーを浴びて出て来たら、ベッドの上にのっていた。——そんなことを信用してくれるとは思えない。

実際、確かめたのだが、ドアのかけ金は、ちゃんとかけてある。誰かが入って来たという形跡はないのだ。

淑子に妙な疑惑を持たれるよりは、黙っていよう、と亜由美は決めた。絵葉書を、バッグにしまい込む。

さて、もう十一時過ぎだ。そろそろいいだろう。

亜由美は部屋を出て、一階へ降りて行った。居間の方から、光が洩《も》れている。

まだ淑子は起きているのだろうか？　そうなると、ちょっとまずいのだが。

ドアが細く開いているので、覗《のぞ》いてみようと思った。そっと近付き、隙間に目を当てる。

——人の姿は見えなかった。

いないのか。それとも、死角になったところにいるのかな……。

不意に、クスクス笑う声がして、亜由美はギョッとした。中から聞こえて来るのだ。

少しドアを開いて、頭を入れてみた。

声はするのだが、どこにも姿は——と、思うと、ソファの、背《せ》の向うから、ピョコンと女の足が出て来た。——男の笑い声、女のクスクス笑い……。

事情はピンと来た。そのとき、ドアがキーッと音を立てたので、ソファの向うは、急に静まり返ってしまった。

恐《おそ》る恐る、ソファの背から覗いた顔は、運転手の神岡……そして、相手は邦代であった。

「あ——どうも」

神岡があわてて立ち上る。邦代も、はだけたブラウスの胸のボタンをせっせととめていた。

「おやすみなさい」

神岡は、そそくさと出て行ってしまった。

邦代の方は、ちょっとすねたように、亜由美を見て、

「ご用ですか。私の仕事時間は十時までなんですけど。後はどうしようと勝手でしょ」

「邪魔してごめん。でも、何もこんな所で……。どこか他のお部屋でしたらいいのに」

「ここが一番スリルがあって面白いって、神岡さん、言うんだもの」

邦代は、屈託なく笑った。

「負けそう、って感じね」

「彼氏のところに行かないんですかあ」

「彼氏？　ああ、有賀君？　彼は、ただのお友達よ」

「じゃ、まだ一緒に寝てないんですか？」

まさか、という顔。亜由美は何とも言いようがない。

「遅れてんのかな、私。まだ未経験組なんだもの」

「嘘！　そんな人いるんですか？」

変に小馬鹿にしたように言われると腹が立つものだが、邦代の言い方は、子供っぽいほど素直なので、却って怒る気にもなれないのだ。

「週刊誌に出てるほど進んでないのよ、実態は」

と、亜由美は言った。「ねえ、ちょうどいいわ。あなたにちょっと訊きたいことがあったの」

「何ですか？」

「淑子さんのことなんだけど」

「お嬢さんの？」

「あなたはいつからここで働いてるの？」

「まだほんの一か月くらいです。この別荘では」

「というと……前は?」

「やっぱり、増口さんの、他の別荘にいたんです」

「じゃ、こっちへ移って来たわけ」

「そうです。お嬢さんのご希望だったそうですよ」

「淑子さんの?」

「おばさんもです」

「おばさんって、もう一人の——」

「ええ。やっぱり他の別荘から、私と同じ頃、こっちへ来たんです」

「じゃ、それまでこの別荘は使ってなかったの?」

「いいえ。でも他の人が働いてたんです。その人たちは、どこかよその——確か軽井沢の方へ移ったそうですよ」

「どうしてそんな面倒なことをしたのかしら?」

「さあ、お金持って、大体気まぐれでしょ」

「それにしても……。よほど、淑子さんは、あなたを気に入ったのね、きっと」

「いいえ。だって、私、ここへ来る前は、お嬢さんにお会いしたことないんですもの」

「え? じゃ、ここで初めて?」

「そうです。おばさんもですよ」

つまり、結婚する前の淑子を、二人とも知らないというわけだ。

「──淑子さんのご主人の事件《じけん》、知ってるでしょ」

「ええ」

「じゃ、ご主人にも会ったことないわけね」

「私は一度、見かけたことがありますよ」

「どこで？」

「増口さんに何か物を届ける用で、会社まで行ったんです。そのときに、お二人が出て来られるのを見ました」

「二人……。つまり、田村さんと、淑子さんね？」

「そうです」

「じゃ、一応、淑子さんの顔もそのときに見たわけね」

「チラッとですけど」

それでは、とても、良く似た別人かどうか判断はつくまい。

しかし、考えてみれば妙な話である。夫が行方不明で、傷心の花嫁さんが別荘にこもるのは分るとしても、身の回りの世話をさせるのに、わざわざ、全くなじみのない者を選ぶというのは、おかしい。むしろ、気心の知れた人間の方が、心が休まるのではないか。

「どうして、お手伝いの人を替えたのか、知ってる?」

と亜由美は訊いてみた。

邦代は黙って肩をすくめただけだった。

「――どうもありがとう」

と、亜由美は言った。「淑子さん、気落ちしてるでしょう。よく面倒みてあげないと」

「そうですね。でも――」

と邦代がクスッと笑う。

「どうしたの?」

「いいえ、ご主人が姿くらましまして、殺されたらしいっていうんでしょ? その割には、お嬢さん、太ってるんですもの」

「太ってる?」

「ええ。本当はご主人いなくなってホッとしてんじゃないのかな」

「太ってるって、どうして分るの?」

「洋服が合わないんですよ」

と、邦代は言った。「――この別荘の洋服ダンスに入ってる服、あれこれ合わせてみてるんだけど、どれも、ちょっときついんです。だから、全部新しく買い直さなきゃなんないみたい。いくつかは私、もらって自分用に直しちゃおうと思って。お金持は、新しく作っちゃうんでしょうけど、私たちは、そんなお金ありませんものね」

洋服が合わない。——女性の服は、ちょっとサイズが違っても着られない。

別人ならば、着られなくて当然だろう。

これは、淑子にとってはマイナスの材料である。そして、お手伝いに、知らない者を入れたこと。

淑子を本物だと信じかけていた亜由美だったが、どうも、形勢は逆転しつつあるようだ。

「でも、どうしてそんなこと訊くんです?」

と、邦代が言った。

「いいえ、別に。——ただ、淑子さんのことが心配でね。いなくなったご主人を知ってたものだから」

「そうですか。私、ああいうダサイ人って好きなんだな」

ダサイ、か。——亜由美は苦笑した。

二階へ上って、自分の部屋のドアを開ける。まあ、収穫ゼロでもなかった。

「——おい」

急に声をかけられ、キャッと飛び上りそうになった。

「有賀君!」

有賀が、シャツとパンツのスタイルで、ドアの陰に立っていた。「──何してるのよ！　出てって！　私のことを──」

「違うんだ！　落ち着いてくれよ」

有賀は必死の形相で、「廊下に誰かいなかった？」

「いないわよ。どうして？」

「じゃ、諦めたのか……」

有賀がホッと息をつく。

「何かあったの？」

「いや……びっくりしたぜ。ぐっすり眠ってたんだ。そしたら──何だか気配ってやつだな。誰かいるな、と思った」

「部屋の中に？」

「うん。別にこっちは鍵なんてかけてないしさ。目を少し開けると、何か白いものが立ってて──」

「まさかお化けじゃ……」

「違うよ。暗いから、ぼんやりしか見えないんだ」

「よかった！」

亜由美は胸を撫でおろした。危ないことが好きなくせに、幽霊とか、その手の話には弱いのである。

「見てると、女らしい。てっきり君だと思った」

「私が行くわけないでしょ」

「だって他に思い当らないじゃないか」

と、有賀はベッドに腰をかけた。「スルッと音がして、女がネグリジェを脱《ぬ》いだらしい。僕のベッドの方へ近寄って来て、毛布の中へ入って来るんだ」

「そこで目が覚めたとか言うんじゃないでしょうね」

「まぜっ返すなよ。女の顔が間近に来て、目を開くと——」

と、一息ついて、「増口淑子じゃないか」

「淑子さん？」

亜由美は目を丸くした。「嘘でしょ！」

「本当だよ。こっちはびっくり仰天、ベッドから這い出した。そしたら、彼女、裸で追って来るんだ。で、廊下へ飛び出して、君の部屋へ逃げ込んだってわけさ」

「そんなことって……。あの淑子さんが！」

「きっと、すぐ旦那がいなくなって、欲求不満なんだな」

「でも、だからって、むやみやたらと男の人のベッドに潜り込むなんて……」

「二枚目だからじゃない？」

「誰が？」

と亜由美が訊いた。

「傷つくな、僕は」

「どうでもいいから、もう部屋へ戻ってよ」

「今夜だけここにいてもいいだろ？　何もしないからさ」

「だめだめだめだめーっ！」

「分ったよ！　そんなかみつきそうな顔すんなってば」

有賀はあわてて、亜由美の部屋を出て行った。

すれ違い

——奇妙だわ。

眠いはずなのに、一向に眠りは亜由美を訪れては来なかった。

亜由美は、暗い天井をじっと眺《なが》めた。

増口淑子。いや、今はまだ田村淑子と言うべきか。

——そのイメージが、あまりにバラバラなのだ。

田村の葉書に涙ぐむし、田村のことをあれこれ知りたがり、彼が死んだとは信じたくないらしい。その一方で、有賀のベッドへ入り込《こ》もうとする。

本物らしいかと思えば、偽物らしい。

一体どれが本当の淑子なのだろうか？

しかし、ここまでのところでは、どうも、別人の可能性の方が高いような気がする。もちろん、確かな証拠があるわけではないにしても。

ともかく、いくつかの事実はつかんだのだから、これを武居に話して、今後のことを相談してみよう。

「さて、寝なきゃ……」

亜由美は目をつぶった。そう眠くはないがじっと目を閉じていれば眠れるだろう。

そう言えば、ゆうべは、あのドン・ファンがベッドに入り込んで来て、一晩中ろくに寝てないのだ。――ドン・ファンか。一体どこへ行ったんだろう？

「クゥーン」

――亜由美はベッドに起き上った。今の声は……ドン・ファンだ！

「ドン・ファン？　――ドン・ファン、どこなの？」

どこから聞こえて来たのか、はっきりしない。しかし、そう遠くでもなさそうである。

「ドン・ファン！　――どこにいるの？」

返事はなかった。亜由美はベッドから出て、部屋の明りを点けると、服を急いで着た。

廊下にいるような声だったけど……。

廊下へ出てみる。――犬も人も、影《かげ》も形もなかった。

「ドン・ファン。――ドン・ファン？」

低い声で、囁くように呼びながら、亜由美は廊下をゆっくりと歩いて行った。

しかし、ドン・ファンの姿はどこにもない。

「空耳かしら」

いや、そんなことはない！　確かに聞こえたのだ。

あれは、ドン・ファンの声に違いない。

すると、この別荘のどこかにいるのだ。なぜ、林の中から、ここへ来られたのだろう？

——廊下の端まで来て、亜由美は諦めて戻ろうとした。

不意に、目の前のドアが開いて来た。亜由美はあわてて壁にピタリと身を寄せた。

幸い、ドアが亜由美の側へ開いて来たので、気付かれずに済んだようだ。

出て来た男が、

「じゃ、お嬢さん、おやすみなさい」

と挨拶した。

神岡である！——さっきは邦代で、今度は淑子か。忙しいことだ。

いや、たぶん、淑子に呼ばれて来たのではないか。有賀の所で、思いを果せなかった淑子が、いわば「代役」として、神岡を呼んだのだろう。

「おやすみ」

と淑子の声がした。

神岡が階段の方へ歩いて行く。淑子はずっと見送っているらしかった。——神岡が見えなくなったのだろう、淑子はドアを少し閉じかけてから、

「塚川さん、おやすみなさい」

と言ってドアを閉めた。

亜由美は、返事もできずに、ポカンとして、閉じたドアを見つめていた……。

自分の部屋へ戻って、亜由美はかけ金をかけた。

やれやれ、気付かれちゃったのか。しかし、何も好んで立ち聞きしていたわけではない。ちゃんと、訊かれれば事情は説明できるのだが。

だが、淑子が、田村のことを案じながら、他の男に抱かれるという神経が、亜由美には分らない。

田村のことを心配していたのも口先だけのことか、と、不愉快になって、早々にベッドへ潜り込んだ。

目を閉じて――眠れるな、と思った。

ふと、足の先がムズムズする。

「ん？」

足をのばしてみる。何やら柔《やわ》らかくて、あったかいものに触《ふ》れた。

もしかすると……。

「ドン・ファン？」

亜由美は毛布をめくった。

「クゥーン」

という声がして、ドン・ファンが亜由美の胸《むね》の上にのって来た。

「ちょっと――重いわよ。どいてったら……いやだ、ほら――」

ペロペロと舌で顔をなめられて、亜由美は笑い出してしまった。

「ドン・ファン……どこに行ってたの？　いやね、心配させて！」

ドン・ファンは、亜由美にぴったり寄り添って、快さそうに鼻声でないた。

「甘えちゃって――こいつ」

こうもベタベタくっつかれては、怒るに怒れない。

「さ、今夜はもう寝るわよ」

と、亜由美は言った。

しかし、よくこの部屋にまで入って来れたものだ、と亜由美は思った。どこをどう通って、外から入って来たのか。

「お前に口がきけたらね」

と、亜由美は言った。「おやすみ、ドン・ファン」

「クゥーン」

と、ドン・ファンは応じた。

今日こそは。

亜由美は、ドン・ファンを抱いて、朝食の席へと降りて行った。

ドン・ファンが、淑子にどういう態度を取るか、それが大きな決め手になる。

「おはよう」

と、食堂へ入って行くと、もう有賀が席について、せっせとオムレツを食べていた。

「早いのねえ」

「うん。腹減ってね。それに、家じゃこんな朝飯、食えないからね。――おい、その犬――」

「ゆうべ見付けたの。――ねえ、淑子さんは?」

「さあ、まだ見ないよ」

そこへ、邦代が入って来た。

「おはようございます。卵はどうしますか?」

「あの――淑子さんは?」

「お出かけになりました」

「出かけた?」

亜由美は訊き返した。

「ええ、今朝、ずいぶん早く起きて来られて、急に思い立って、出かけるから、とおっしゃって……」

「どこへ？」

「さあ。何もおっしゃいませんでした」

と、邦代は言った。「――卵の方は？」

「え？　――あ、あの――スクランブルに……」

淑子が出かけてしまった。――あまりに突然ではないか。

ゆうべの、神岡とのことを知られているので、亜由美と顔を合わせたくなかったのだろうか？

それとも、このドン・ファンのせいか。

「残念だわ。せっかく、この犬と対面できると思ったのに」

「帰りを待つか？」

「そんなことできないわ。今日中に帰るかどうかも分らないのに」

「あ、そうか」

「また出直して来る他、ないようね」

――朝食を終えると、ドン・ファンにも少し紅茶を飲ませた。

邦代がすっかり面白がって、あれこれと食べ物をやっていた。

「じゃ、神岡さんも、淑子さんと一緒に？」

と、亜由美は訊いた。

「ええ、もちろん神岡さんの車で」

と邦代は言って、「あ、そうそう。お客様の分は、ハイヤーを呼べと言われています。お帰りのときはおっしゃって下さい」

「――豪勢だなあ」

有賀がため息をつく。

「そんなことより、ゆうべ、あの後は大丈夫だった？」

「うん。ぐっすり眠った。ちゃんとかけ金をかけて、ドアを押えといたんだ」

「オーバーね」

と、亜由美は笑った。

「これからどうする？」

「一旦家へ帰らないと。このドン・ファン君を連れちゃいけないでしょ」

「そうか。僕は大学へ直接行くかな」

「珍しい。勉強したくなったの？」

「おい、珍しいはないだろ」

「私、今日は休講にする」

「何するんだい？」

「武居さんに会うわ。この報告もしなきゃならないからね」

「あいつか」

と、有賀はいい顔をしない。「僕も行くよ。ボディガードだもの」

「もっと危ない所へついて来てよ」

と、亜由美は言った。「武居さんなら安心よ」

「分るもんか」

と、有賀は腕《うで》を組んだ。


「やあ！」

ホテルのロビーへ入ると、武居がすぐに二人を見付けてやって来た。

「お仕事中にすみません」

「いいんだよ。この時間はまだ比較的楽なんだ」

「淑子さん、どこか他の別荘あたりへ移《うつ》ったようですわ」

「本当かい？　初耳だな」

「おかげで、ドン・ファンに会わせる機会がなかったの」

「まだチャンスはあるよ」

と武居は言った。

亜由美が昨日の一部始終を聞かせると、武居は肯いていたが、

「大分核心に迫《せま》ったね」

と、微笑んだ。

「でも、もうお手上げ。これ以上は調べられないわ」

「そうだね。無理しちゃいけない。また何かあったら――」

ウエイターがやって来た。

「武居様、お電話が入っております」

「ありがとう。――誰かは分らないか」

「男の方で、ドイツからだとか」

「ドイツ?」

「はい。――あ、田村というお名前でした、確かに」

とウエイターは言った。

ドイツからの電話

「田村だって？」

と武居は訊き返した。

「まさか――」

と亜由美が口走る。

ウエイターが不思議そうな顔で二人を交互に眺めていた。

「よし、どの電話だ？」

と、武居は立ち上った。

「フロントです」

武居と亜由美は、フロントへ向かってロビーを駆け抜けた。他の客がびっくりして眺めている。

田村さんから、電話！　――亜由美としては、ここがどこかの王宮だって、走らずにはいられない。

武居が、置かれていた受話器を引ったくるように取った。

「もしもし！　武居です、もしもし！」

亜由美も武居のそばに立つと、耳を受話器に寄せた。

「もしもし、田村君か？　武居だ！」

やや沈黙があって、やがて細い感じの声が聞こえて来た。

「もしもし……武居君か？」

「田村君か？」

「うん。――本当に武居君なのか」

亜由美はじっと耳を傾けた。確かに田村の声らしく思えるが、しかし、弱々しいので、はっきりしない。

「僕だ。田村君、大丈夫なのか？　今、元気なのか？」

「うん。――正確に言うとあまり元気じゃない。でも生きてるからね」

田村さんだわ、と亜由美は思った。田村らしい言い回しである。

「心配してたんだぞ！　今、どこにいる？」

「ドイツだよ。ハンブルクだ」

「そうか。ともかく、ホテルへ戻れ。戻れるか？」

「ああ、すぐ近くにいる」

「よし。今すぐホテルへ連絡《れんらく》しておく。いいか、危ないようなことがあれば、警察か大使館へ行け」

「分ってる。大丈夫だ」

「どこからかけている？」

「カフェだ。電話を借りてる」

「今、ここに塚川亜由美君がいる。代ろうか？」

「塚川君が？」

亜由美は我慢できなくなって、武居の手から受話器を引ったくるように取った。

「田村さん！　塚川です！」

「やあ……。心配かけたね」

「元気ですか？　あの――奥さんが心配なさってます。何かお伝えすることは――」

亜由美が言いかけたのを、田村は急に遮った。

「彼女には黙っていてくれ！」

「え？」

「彼女には何も言わないでくれ。頼むよ」

「でも田村さん――」

「もう切るよ。また連絡する」

「待って！　田村さん！」

亜由美が呼びかけたときは、もう電話は切れていた。

振り向くと、もう武居が増口へ知らせているらしい。他の電話で熱心にしゃべっていた。

淑子さんへは知らせるなというのは、どういうことなのだろう？　本来なら、妻へ真先に連絡してくれと頼むべきだろうに。

「あ、そうだわ」

田村の両親へ教えてあげなくては。亜由美は急いでダイヤルを回してから、

「この電話――使っていいですか？」

と、そばの女性に訊いた。

家へ帰ってみると、珍しく母親の清美が家にいる。大体毎日出かけている、忙しい人なのである。

「田村さんが見付かったんだって？　良かったね」

と、ＴＶを見ながら、清美が言った。

「――どうして知ってるの？」

亜由美がびっくりして訊き返すと、

「さっきＴＶの〈ニュース速報〉に出てたよ」

日本のマスコミの素早いこと！

しかし、こうして報道までされているのでは、淑子に知らせるなと言っても、無理なことだ。

「ドン・ファンは？」

と、亜由美が訊いた。

「お前の部屋よ」

亜由美は二階へ上って行った。

それにしても、なぜ田村はああも淑子のことにこだわるのか。やはり、あの淑子は別人なのだろうか？

部屋のドアを開けて、

「ドン・ファン、ただいま」

と見回して——吹き出してしまった。

ドン・ファンが、亜由美のベッドで寝ている。——それも、ちゃんとタオルケットを首までかけ、枕《まくら》に頭をのせて、人間風に寝ているのだから、笑い出さずにはいられない。

「変な犬ね、お前は」

ヒョイと頭をもたげて亜由美を見たドン・ファンは、嬉しそうにキャンキャンと吠えると、ベッドからドスンと降りて来て、亜由美の足にからまりついた。

「いやだ！　こら——ひっくり返っちゃうでしょ！」

亜由美は笑いながら、ベッドに座《すわ》って、ドン・ファンの頭を撫でてやった。

田村が生きて戻ったのは何よりだが、淑子の謎、田村が亜由美へ囁いていった謎の一言は、一向に解けない。もちろん田村が日本へ帰って来れば、分ることだろうが……。

しかし、武居が狙われ、桜井みどりが殺された事件が、すべて田村の失踪に関連していたとすると、これはドイツで起った事件というだけでなく、もともとは日本で、端を発していると考えなくてはならないだろう。

淑子が偽物だとすると、それは一体、何のために仕組まれた陰謀なのか？

亜由美はベッドに横になって、ぼんやりと天井を眺めていた。

そうだ。——淑子はもう、別荘へ戻ったのだろうか？

亜由美は、別荘の番号をメモした手帳を開き、電話をかけた。

「——もしもし、増口です」

と若い女性の声。あのお手伝いの邦代らしい。

「邦代さん？　塚川亜由美よ。淑子さんはお戻りになった？」

「いいえ。何か、さっき電話があって、ここは当分使わないから、よろしくって」

「淑子さん自身の電話？」

「だと思います。何かパッパッとしゃべって、切っちゃったんで、よく分りませんけど

「……」

「今、淑子さんはどこにいるのかしら？」

「分りません。何ともおっしゃいませんでしたけど」

「そう……。もし淑子さんから何か連絡があったら、淑子さんがどこにいるか分ったら、教えてくれない？」

「そちらへですか？」

「そう。お礼は充分にするわ」

増口から預かった百万円がある。ケチケチしないで出すべきだろう。

「そんなお礼なんて……」

と、邦代はためらって、「――いくらいただけます？」

亜由美は笑いをかみ殺した。チャッカリしてるんだから！

「そうね。それは情報次第だわ」

「分りました」

と邦代は言って、「あの――夜でもいいですか、電話するの？」

と訊いた。

「ええ、いいわよ。何かありそう？」

「たぶん。じゃ、またお電話します」

邦代は、なぜかあわてたように電話を切った。そばに誰かがいるようだった。

どうやら邦代は何か情報をつかんでいるらしい。それを売り込むには、ちょっと確かめたいことがある、といったところだろう。

電話を下へ切り換《か》えておこうと手をのばすと、「ちょっと待った」と言うように、電話が鳴り出した。

「――はい塚川です」

「あ、亜由美さんお願いします」

「何だ聡子?」

桜井みどりの死体を発見したときに一緒にいた神田聡子である。

「亜由美なの?」

「そうよ。誰だと思ったの?」

「お母さんかと思った。そっくりね、あなたの声」

「あ、そう」

亜由美は冷ややかに言った。そりゃ、母が類まれな美声の持主というのなら、似てると言われて喜ぶだろうが、しかし……。

「何か用なの?」

と亜由美は言った。

「うん、あのさ、桜井さんが殺されたときのことでね、ちょっと思い出したことがあるんだ」

「え？　犯人の手がかりでも？」

「そこまでいかないんだけどさ」

「じゃ何よ？　もったいぶんないで、早く言え、こら！」

亜由美のそばで、ドン・ファンがワンワンと珍しく、犬らしい（？）声を上げた。

「あら、亜由美の所に犬なんていたっけ？」

「私の助手なの」

「へえ！　――ね、それじゃ、さ、電話で話してもよく分んないと思うから、学校へ来てくれない？」

「大学へ？」

「そう。あの現場に。――ね？」

「いいけど……。聡子、今、どこにいるのよ？」

「大学の近くのラーメン屋。今日もクラブの会合があってさ、その帰りなの」

「分ったわ。じゃ四、五十分で行く」

「部屋で待ってる」

と言って、聡子は電話を切った。

聡子が、何か気付いたことがあるという。――一体何だろう？

亜由美は、首をひねった。しかし、ともかく出かけなくては。

「ちょっと出て来るわよ」

とドン・ファンに声をかけると、クンクンと鼻を鳴らし、尻尾を振って、スカートの中に頭を突っ込んで来る。

「やだあ、こら！　この――痴漢！　痴犬《ちけん》！」

〈痴犬〉なんて言葉あったっけ、と思ったが、「分った！　分ったわよ、お前も連れて行くから……」

この「押しかけ助手」、ちっとは役に立つのかしら、と亜由美は考えていた。


亜由美が大学の門をくぐったのは、もう大分暗くなってからだった。

すぐ行くつもりが、多少、腹ごしらえの必要があると気付いて、母親に手っ取り早くできるものを作ってくれと注文したのだが、

「ああ、いいよ」

と清美が作り出したのが、ビーフシチューだった。

家で食べるのを諦め、途中の立ち食いハンバーガーに駆《か》け込んで、二、三十分、時間を食ってしまったのである。

「やれやれ――」

クラブ用の棟までやって来ると、亜由美は一息ついて立ち止った。「聡子、怒ってるかな。三十分待たせちゃったものね」

クゥーン、とドン・ファンが鳴く。何しろこの助手を連れているので、余計厄介《よけいやっかい》なのである。

階段を上って行く。――今日は静かで、どこの部も会合を開いていない様子であった。

三階へ上り、桜井みどりの殺された現場である歴史部の部室のドアを開けた。

中は真っ暗だ。

「ここじゃないのかな……」

亜由美は明りを点けてみた。――事件の後は、ここを気味悪がって使っていないので、発見したときのままである。

みどりの死体のあった位置に、白墨で人の形が描いてあり、血痕も黒々と残っている。

「何だかいやね……。聡子、どこなのかな」

と呟きながら、廊下へ出た。

社会科学部の方にいるのかしら？　――亜由美は廊下を歩いて行った。

「聡子。――聡子、いる？」

と、ドアを叩く。

返事はなかった。ノブを回すと、ドアは開いた。中はやはり暗い。

「聡子……」

と呼んでみる。

手で明りのスイッチを探ったが、この部屋は慣れていないので、なかなか見付からない。すると、ドン・ファンが足下をすり抜けて、部屋の中へ入って行った。

「ドン・ファン、どうしたの？」

中でゴトゴトと何やら動く音。そして――

「キャーッ！」

と突然《とつぜん》、悲鳴が響き渡った。

同時に亜由美の手がスイッチを押《お》していた。――明るくなると、聡子の姿が目に入った。床に引っくり返って、這《は》いずり回っている。

「――聡子！」

「亜由美！　誰かが私のスカートの中へ入って来たのよ！」

と青くなっている。

亜由美はプッと吹き出していた。

「何がおかしいのよ！」

「その――ほら、そのワンちゃんよ」

椅子の陰から、ドン・ファンがヒョイと顔を出した。

聡子の推理

「全くもう、人を馬鹿にしてるわ！」

聡子はプンプンである。

「そう怒らないの。犬なんだから」

「それにしたって……。ドン・ファンとはよくつけたもんね」

当のドン・ファンは涼しい顔で、寝そべっていた。

「聡子、あなたは何してたの、こんな暗い所で？」

「亜由美が来るのが遅いんだもの、昼寝してたのよ」

「こんな夕方に？」

「疲《つか》れたから横になってたの、その椅子並べて。そしたら、いつの間にか眠っちゃってたわけ」

「呑気ねえ。――ま、遅れたのは悪い。で、何の話なの？」

「あ、そうだった。忘れてたわ」

大体が太目、大柄な聡子である。見かけ通りに大らかで呑気なのだ。

「桜井さんが殺されたときのことで、何か気が付いたって言ったじゃない」

「それくらい憶えてるわよ！　──あのね、この前色々話したでしょ、ここから廊下《ろうか》を見てれば誰もあの部屋へ入れなかったはずだって」

「うん」

「それに絶対間違いないと思うの。だから、桜井さんは、私たちが行く直前に殺されたんじゃないかと思うのね」

「直前って言っても、私たち、階段で会って、そのまま上って行ったのよ」

「だからさ、犯人が私たちの中にいるとしたら？　それしか考えられないじゃない！」

「……私たち？」

亜由美はポカンとして、「つまり──私と聡子のこと？」

「いやあね、どうして私が桜井さん殺さなきゃなんないの？」

「じゃ、誰のこと、『私たち』って？」

「この部屋にいた連中よ。社会科学部のメンバー」

亜由美は目をパチクリさせた。

「聡子！　大胆なこと言うわねえ」

「論理的帰結よ」

と、言い慣れない言葉に舌をもつれさせながら、

「つまり、ここにいた連中には、桜井さんが誰かを待ってることが分ってたはずでしょ。それを見て、桜井さんがあなたと会ったらまずいと思ったかもしれない」

「でも、どうやって殺すの？」

と、亜由美が言った。「誰も席を立たなかったって、あなた言ったじゃないの」

「そうよ。だけど、帰り際にならできるんじゃない？」

「帰り際《ぎわ》――」

「ね、みんなゾロゾロとここを出る。階段を降りて行くでしょ。そのとき、わざと少し遅《おく》れて部屋を出て、歴史部の部屋まで走り、桜井さんを刺《さ》して、また階段へと駆け戻る。みんなノロノロ降りてるもの。追いつけると思うわ」

亜由美はしばらく考え込んだ。――確かに、かなり離れ技ではあるが、不可能ではなさそうだ。

「どうかしら？」

と、聡子は目を輝かせている。

殺人事件が楽しくて仕方ない、などと言っては叱《しか》られそうだが、何しろ好奇心の強い年代なのである。

「一つ、やってみようか？」

と、聡子が言った。

「そうね」

亜由美は肯いた。「じゃ、私の方が身軽だから、犯人の役をやってみる」

「何よ、私がよっぽど重たいみたいじゃないの」

と、聡子はちょっとむくれて、「ま、軽いとは言いませんけどね」

「文句言わないで。ね？——じゃ、あなたが先に出る。私はその後。あなたが階段を降り始めたら、走るわ」

「OK。おしゃべりしながらだから、かなりゆっくりよ」

「じゃ、いい？——出て」

聡子がヨッコラショという感じで廊下へ出て、階段を降り始める。亜由美は一気に歴史部の部屋へと走った。ドアを開け、衝立を回って、桜井みどりの立っていた窓際に行き、すぐに引き返した。廊下へ出て、階段へと走る。

聡子はもう二階に着いていた。

「——だめだ。こんなに早くできないわよ」

息を弾ませながら、亜由美は言った。

「そうかなあ。亜由美、動作が鈍いんじゃない？」

「失礼ね！　だって、考えてみなさいよ、桜井さんを刺して、そのまますぐ戻ってこれる？」

「待って！」

と聡子は言った。「ね、亜由美と会ったの、この辺だっけ？」

「ええと――私は二階から三階へ上りかけてたわ」

「そうよ！　そしてここでちょっと立ち話して、あなたが上りかけた」

「それを聡子が呼び止めて追いかけて来たわ」

「それなら時間はあったかもしれないわよ。私たち、しゃべりながら三階へ上ったでしょ。入れかわりに降りて来る人がいても、気が付かなかったんじゃない？」

「気が付いたわよ、きっと」

「でも、社会科学部の人なら、降りて来て当り前だもの」

「じゃ……聡子憶えてる？」

「分んないわ」

と聡子は首を振った。「でも一人だけ、誰かが遅れて来たのよ。きっとそうだわ」

亜由美は考え込んだ。確かに、聡子の言う通りかもしれない。それ以外に可能性はないだろうか？

「――でも、聡子が言う通りだとすると、犯人が社会科学部の人間だってことよ」

「そういうことになるわね」

「それらしき人、いるの？」

「さあ、分んないけど、別に犯人になっていけないってこともないでしょ」

「聡子も凄いこと言うわね、割と」

亜由美は苦笑した。「もし本当だったら、大変じゃないの」

「でも他に考えられないじゃないの」

「ウーン」

亜由美は考え込んだ。「――で、これからどうするの？」

聡子は肩をすくめた。

「そこまで考えてないわ」

「じゃ、こうしましょう。まだ、今、この考えを警察へ話すのは早すぎるって気がするの」

「そうね」

「あのとき、一緒にいた人たち――社会科学部のメンバーの名前、書いてみてくれる？」

「いいわよ。それをどうするの？」

「さあ、どうしようかしら。ともかく、私に任せて。何か考えるから」

「了解」

聡子は社会科学部の部屋に戻ると、メモ用紙に、名前と学年を書きつけた。

「――これで誰も落ちてないと思うわ」

「じゃ、もらっとくわ。聡子、帰らないの?」

「私、ちょっとやらなきゃいけないことがあるの。明日までに会合の資料作んないと」

「じゃ、先に帰るわよ」

「どうぞ」

「――ほら、ドン・ファン、行くわよ」

と、亜由美が呼びかけると、床に寝そべっていたドン・ファンが、大きな欠伸をしながら、立ち上った。

「ねえ、これが助手で大丈夫なの?」

と、聡子が笑いながら言った。

亜由美がドン・ファンを連れて行くと、聡子もつられたのか、大欠伸をした。

「やあだ……」

と、呟いて、「さて、やっちまわないと……」

と、雑然としている机に向った。

「この資料の……こことここ……。これはコピーを付ける、と。この次には……これが来るのか?」

階段を、亜由美の足音が遠ざかって行く。ドアが、少し開いたままになっていた。

聡子はあまり器用な方ではない。せっせと切り貼りしているのだが、巧く切れなかったり、貼ったのが歪《ゆが》んだり、なかなか巧くできないのである。

「苛々しちゃうな、もう！」

と、グチった。

ドアがキーッと鳴った。ちょうど、微妙な貼りつけ作業中だった聡子は、振り向かずに、

「亜由美なの？」

と訊いた。

返事はなかった。ドアが閉まった。聡子が振り向くと同時に、明りが消えて、部屋の中は、真っ暗になった。

「誰？　……誰なのよ？」

聡子は声をかけた。「いたずらするの、やめてよ。——ねえ、誰なの？」

ゴトン、と音がした。椅子が動いた音だ。そして、引きずるような足音が近付いて来る。

聡子は、全身から血が失われていくような気がした。——誰かが襲おうとしている。

落ち着いて、落ち着いて。

一対一なんだからね。聡子は、机の上を手で探った。ハサミが触れる。聡子はそれを握りしめた。

コトン、とまた何かにぶつかった音。相手は、少しずつ近付いて来ている。

逃げなきゃ、と思った。このままここにいては、やられてしまう。

こっちも見えないが、向うだって見えないはずだ。――そうだ、部屋の中の様子なら、こっちの方が詳しい。

聡子は、そっと横へ動いた。テーブルにぶつかるはずだ。――よし、これだ。

これを引っくり返せば、かなり凄い音がする。向うも混乱するはずだ。

ドアは真正面のはずである。左手の壁に沿って行けば、着ける。

聡子はテーブルの端に手をかけた。

亜由美は、すっかり暗くなった大学の構内を歩いていた。

「早くおいで、ドン・ファン」

と振《ふ》り向く。

何しろ、ドン・ファンがいつにも増して、のんびりペースでやって来るのである。

「何やってるの?」

ドン・ファンは、じっと立ち止って、今出て来た棟の方を振り向いている。

「――どうしたの?」

と、亜由美が戻って行くと、やおらドン・ファンが今来た方へと走り出した。亜由美

はびっくりして、

「こら！　ドン・ファン！」

と駆け出した。「どこに行くのよ！　——待ちなさい！」

あの犬、聡子のスカートの中が忘れられないのかしら、と思った。

「待って！　——ドン・ファン！」

いかに短足のドン・ファンでも、本気になって駆けると、かなり早い。亜由美はフウフウ息を切らして、足を緩めると、

「勝手にしなさい！」

と怒鳴る。

ドン・ファンが、クラブの棟の前に着くと、振り向いて、ワンワンと吠《ほ》え立てた。

「何なのよ？」

と、歩いて来て、亜由美は言った。「何か忘れもの？」

そのとき、ドシン、と何かが倒れる音がして、

「キャーッ！」

と悲鳴が響き渡った。

「聡子だわ！　おいで！」

亜由美も夢中で階段を駆け上った。もちろんドン・ファンも続いたが、とても亜由美

と一緒には上れない。

「聡子！　――聡子！」

亜由美が社会科学部のドアを開けると、廊下の光が射し込んで、聡子が、ひっくり返った机や椅子の間に倒れているのが目に入った。

「聡子――」

と足を踏《ふ》み入れたとたん、亜由美は後頭部を一撃されて、そのまま闇の中へ放り出されてしまった。


――何やら、冷たいタオルで顔をこすられているような感じがして、亜由美は目を開いた。目の前にドン・ファンの顔がある。

「――あんたがなめてたの？」

と言いながら、体を起こそうとすると、頭がズキッと痛んで、あ、と顔をしかめる。

どうなったんだろう？　ここは？

周囲は暗かった。そして廊下の光が洩れて来る。

そうだ。ここは社会科学部の部室で……聡子が……。

「聡子！」

亜由美は、痛む頭をかかえつつ、立ち上ると、ドアの方へよろけながら歩いて行き、明りをつけた。

聡子が、床に倒れている。駆け寄ると、額から血が一筋、顎へ流れ落ちていた。

「聡子！　しっかりして！」

亜由美が抱き起こすと、聡子はウーン、と呻《うめ》いた。

「生きてるんだわ！　良かった！」

亜由美もかなりあわてていた。

「ドン・ファン、早く救急車を呼んで！」

と叫んでいたのである。


「——そうなの。私もちょっとけがしてね」

と、電話で亜由美が言うと、母親の方は、

「あら、入院？」

と訊き返して来た。

「ううん、そんな大けがじゃない。簡単に手当すればいいみたい」

「じゃ、今夜、帰るのね？」

「分んないわ。聡子の具合次第。もうしばらくは病院にいる」

「分ったわ。今夜、出かけようと思ってたから。そういうことなら、しばらく帰らないわね。じゃ、お友達に家へ来ていただきましょ」

　呑気なことを言っている母親にムッとして、

「娘がけがしたんだから、少し心配しなさいよ」

　と文句を言った。

「だって、けがは顔じゃないんだろ？　それなら、お見合いには差し支《つか》えないから」

　――母の発想にはついて行けない。

　亜由美が電話を切って、聡子の病室の方へ戻って行くと、見たことのある男が、医者としゃべっていた。

「殿永さん！」

「やあ、災難でしたね」

　殿永部長刑事は、いつも変らぬ微笑を浮かべている。

「よく分りましたね！」

「あの大学でまた事件、というのが耳に入ったんです。けがしたとか？」

「殴られたんです、頭を」

「災難でしたねえ」

「私より聡子の方が心配です」

「ああ、今、医者と話しました。命に別状はないそうですよ」

「よかったわ！」

亜由美は胸を撫でおろした。

「強く頭を打ってるそうですが、レントゲンの結果、ひびも入っていないということです。他にも特に後遺症は出ないだろうという話でしたよ」

「聡子、石頭だから。良かったわ、でも」

「一体何があったんです？」

と、殿永が訊いた。

亜由美は、ちょっと迷ったが、しかし、誰かが聡子を襲ったことは間違いないのだ。特に、亜由美が社会科学部の部室を出てすぐにそれが起っている。

つまり聡子を襲った人間は、亜由美と聡子の話を聞いていたのだろう。そして聡子が一人になったとき、襲いかかった……。

それは、聡子の言った推理が正しいということではないだろうか。——断言できないまでも、少なくともその可能性はある。

「実は、私たち、桜井さんが殺された事件について、ちょっと考えがあって——」

「ほう、聞かせてほしいですね」

殿永は興味を示した。

亜由美は、聡子の説明を、そのまま殿永を相手にくり返した。

「――もちろん、いずれにしても、かなりギリギリの離れ技なんですけど、でもやってみるとできないこともないみたいなんです」

「しかし、危ないですねえ」

と殿永は苦笑しながら言った。「あなた方も、まあ軽いけがだから良かったようなものの、これが命でも落としたら、私が責任を感じますからね。何かやろうと思ったら、ぜひ私に知らせて下さい」

「はあ……」

そう言われると、亜由美としても、一言もない。しかも、実際には、もっと危ないことをやっているのだから。

「その、社会科学部のメンバーのメモはお持ちですか?」

「ええ。――これです」

殿永はメモを受け取ると、

「預かっておきましょう」

とポケットへ入れて、「ああ、田村さんという方が、見付かったそうですね」

「ええ、そうらしいです。良かったわ、本当に」

「三、四日の内には帰国するでしょう。となれば、今度の事件の真相も、明らかになるかもしれません」

「そうですね。そうなってくれるとありがたいんだけど……」

と、亜由美は、独り言のように呟いた。

「お宅までパトカーで送らせましょうか？」

と殿永が言った。

「あ――いえ、私、もう少し聡子のそばについています」

「意識が戻ったら、事情を訊きに来ます」

「はい。あ、そうだわ。あの――」

「何ですか？」

「犬を一匹《いっぴき》、家へ連れてっていただけません？」

殿永が目を丸くした。

記者会見の言葉

成田空港の送迎ロビーへやって来た亜由美は、ＴＶのカメラマンや、新聞記者たちが何十人と集まっているのを見て、目を見張った。

「マスコミがうるさく追い回すことも考えられるから、到着時間は秘密です」

と、武居から、昨夜電話があったのである。

しかし、どうやら情報は洩れていたようだ。

亜由美は、できるだけ目立たないように、ロビーの隅の方へ行って立っていた。予定通りなら、あと二十分ほどで飛行機が着くはずだ。

田村と少しでも話ができるかと思ってやって来たのだが、これではとても話どころではなさそうである。

田村は、ハンブルクでも警察に話をしているが、ともかく疲れ切っているから、詳しい話のできる状態ではないということだった。だから、謎の解明は、田村の帰国を待つ他はないわけである。

ただ、田村が、誰かに襲われて、どこかに監禁されていたことは確かであり、田村はそこから、何とか自分で脱出して来たのだった。

亜由美はロビーを見回した。武居がいるかと思ったのである。

しかし、武居はもう、中に入っているのかもしれなかった。亜由美ももう少し早く来るつもりだったのだが、成田まではともかく遠い。早目に出たつもりが、こんな時間になってしまったのである。

「早く着けばいいのに……」

と、亜由美は呟いた。

到着時刻が迫るにつれて、報道陣の数も増えて行った。——これで、色々な事情が明るみに出ると、ますますマスコミには格好の話題になろう。

淑子はどこにいるのだろう、と亜由美は思った。武居の電話でも、

「どこにいるか分らないんだ」

ということだったし、あの別荘へも電話してみたのだが、

「まだお戻りになりません。——ええ、連絡もなくて——」

という邦代の話だった。

一体、淑子はどこにいるのか。

もちろん、田村が帰国したのは、承知しているだろう。ここ二、三日の新聞、TVでは、必ず取り上げられているのだから。

それでいて姿をくらましているのだ。マスコミが取り上げるだけの要素は充分にある。新婚旅行で失踪した夫。そして夫が生きて戻ると、今度は妻が行方不明。

武居が狙われた事件、桜井みどりの殺害が、田村の失踪に関連しているということは、まだマスコミは感づいていない。もし誰かがそこに目を付けたら、たちまち週刊誌のトップを飾《かざ》る記事になるに違いない。

亜由美は二、三分おきに腕時計を見ていた。――もうすぐ田村の乗った飛行機が着くはずだ。

亜由美の肩に、誰かの手が触れた。振り向くと、

「どうも」

と、殿永部長刑事が微笑みながら立っていた。「捜してたんですよ」

「知ってる顔に会うとホッとしますね」

「田村さんもかなり歓迎されそうですな」

「ねえ、疲れ切って帰って来るんだから、そっとしておいてあげればいいのに……」

「日本のマスコミ界は厳しいんですな。そんな思いやりの心を持っていては、競争に勝てない」

「警察の出迎えですか?」

「いや、これは公式のものではありません。私自身の好奇心ですよ」

「でも、田村さんから事情を聞くんでしょ？」

「それはもちろんです。しかし、多少回復してからでないとね」

二人は、やや黙り込んだ。報道陣がざわついて、

「着いたぞ」

「あの飛行機か」

といった声が飛び交った。

「着いたようですね」

と殿永が言った。「まあ、出て来るまでに少しかかります」

亜由美は何か胸苦しいものを感じた。——田村がどんな様子で出て来るだろうか、と思った。

ふと、あの大学の講義室で居眠りしているときに見た悪夢を思い出し、ちょっと身震いした。

「どうかしましたか？」

と殿永が訊く。

「いいえ、別に」

亜由美は急いで首を振った。「あの——聡子が書いたメモの学生たちのこと、何か手がかりになりそうなことはありまして？」

「いや、だめですね。残念ながら。あの部員の中には、特に今度の事件に深くかかわっているような人は見当りません」

「そうですか……」

するとと聡子は誰に襲われたのか。そして、なぜ？


「それで私、机をひっくり返して、ドアの方へと駆け出したんです。そしたら、暗がりの中で、突然、後ろからぐいと腕をつかまれて……」

額の包帯も痛々しい聡子が、ベッドでしゃべっている。

亜由美がベッドの足の方に、殿永が、聡子のわきに立ってメモを取っていた。

「それからどうしました？」

「私、悲鳴を上げました」

と聡子が言った。

「私がそれを聞いて、飛び込んだんだわ」

と亜由美が肯く。

「その後は、いきなり額のところにガンと何かが当って……。それきり、何も分らなくなったんです」

「犯人のことで、何か憶えていることはない？　たとえば、靴《くつ》の音だったか、そうでなかったか。革靴か、布の靴か」

「たぶん――革靴じゃないでしょうか。ともかく、底の硬い靴だと思います。でも、入って来てから、暗がりの中は、すり足で進んで来たから、はっきり、どうとは……」

「相手が男だってことははっきりしてた？」

「さあ……」

聡子は当惑顔で、「男だと思いますけど、あんなに力が強いんだもの」

「なるほど。――他に何か気が付いたことは？」

聡子は、しばらく考えてから、

「ありません」

と言った。

頭を動かすと傷が痛むのか、目だけを亜由美に向けて、話しかけた。

「ねえ、話したの？」

「何を？」

「私たちの推理よ」

「ええ、話したわ」

「大変立派な推理だと思いますがね、神田さん、ともかく命を落としては馬鹿らしいですよ」

殿永の言葉に、聡子は神妙な顔で肯いた。

――殿永が引き上げて行った後で、亜由美が言った。

「良かったわ、大したことなくて」

「大したことない、ですって？」

聡子は顔をしかめて、「まだ嫁入り前の顔に傷つけられて、大したことない、だなんて！」

「でも、傷は消えるわよ」

「そうね。――でもさ、亜由美、私が狙われたってことは、取りも直さず、私の推理が正しかったってことじゃない？」

「絶対そうとも言い切れないけど、可能性はあるわね」

「じゃ、私が殺人犯を見付けたってことになるのよ！　新聞に出るかなあ」

「よしなさいよ」

と、亜由美は苦笑した。「それに、一つおかしなことがあるわ」

「何よ！」

「もし犯人があそこで、あなたと私が話をするのを聞いてたとしたら、あなただけを襲うなんて、おかしいじゃない。私ももう聞いてしまっているんだし、あのメモも持ってたわけよ。あなたを殺したとしても、何にもならないじゃないの」

「そりゃそうか……」

と聡子は呟いて、「でも、それじゃ、私はどうして襲われたの？」

「私、犯人じゃないから、分んないわよ」

と亜由美は言った。

「――来たようですよ」

と、殿永が言った。

報道陣が、ワッと出口へ群がった。フラッシュが光り、TVカメラのライトが揺れる。

「どいて！　通して下さい！」

と、男が叫んでいた。

あれはどうやら武居の声らしい。

亜由美は、その人垣の方へと近付いて行ったが、ともかく、とても割って入れるような雰囲気ではない。

「凄い……」

と思わず呟いて、立ち往生。

田村も武居も、頭の先も見えないのである。ただ、人の塊《かたま》りが、ゾロゾロと移動するので、田村が歩いているらしいということだけが分る。

「何か一言」

「帰国の感想を！」

と、いった声が聞こえると、亜由美は腹立たしくなった。

疲れ切って、ろくに話もできない人間に、

「何か一言」

もないものだ。

「あっちへ行ってくれ！　話すことはないんだ！」

武居が怒鳴っている。

「あんたに訊いてんじゃないよ！」

と、誰かが怒鳴り返した。

突然《とつぜん》、ワーッと人垣が崩れた。マイクを手にした男が一人、床にひっくり返っている。

どうやら、頭に来た武居が、一発食らわしたらしい。

「こいつはいかんな」

と、殿永が歩み出ると、報道陣の中へ割って入った。

「頭を冷やせよ。相手は病人だぞ」

言い方は穏やかだが、殿永の顔を知っている者が何人かいるとみえて、

「でも、こっちも何か談話を取らないと帰れないですよ」

「察して下さいよ、殿永さん」

といった声があった。

「よし、ちょっと待っててくれ」

殿永は、まだ憤然とした表情で立っている武居の方へ向いて、何やら話を始めた。

亜由美は、やっと田村の姿を見ることができた。——ひどく疲れている様子で、記憶の中の田村より、一回り、細く、小さく見えている。

亜由美は、よほど田村のそばへ行って、元気づけてやりたかったが、そんなことをすれば、また報道陣が大騒ぎをするのは目に見えているので、じっと我慢していた。

殿永の話に、武居は、あまり気の進まない様子ながら肯くと、田村の方を向いて、何か話し始めた。田村は、顔を伏せたまま、武居の話に聞き入っていたが、やがて、面倒《めんどう》くさそうに肯いた。

「じゃ、場所を改めて、五分間だけ、質問に答えるそうです」

と武居が言った。「ただし——」

ざわついた報道陣をピシリと押《おさ》えるように、

「答えたくない質問には答えません。それをしつこく訊いたりしないというのが条件です。それでよければ——」

「すぐやってもらえますか?」

と誰かが言った。

「本人は非常に疲れています。三十分ほど休ませたい。空港近くのＭホテルで、三十分後に、ということにしたいと思いますが、どうです？」

別に異議も出ないようだった。「――じゃ、よろしく」

と、武居が行きかけると、

「逃げるなよ」

と、一人のレポーターらしい男が言った。

武居がまたカッとなって、拳を固めて向かって行くと、相手は、テープレコーダーをかかえて走って行く。その様子が、何とも愉快で、笑いが起った。

却って、これで気まずい空気が一掃《いっそう》されたようだった。

亜由美は、武居たちの方へ行こうとしたが、アッという間に、いなくなってしまう。

殿永が戻って来て、

「やれやれ、こういうトラブルは難しいですよ」

と息をついた。

「でも、うまくさばかれましたね」

「幸い、知ってる顔も何人かいましたのでね。――あなたはどうします？」

「もしよければ、そのホテルの話を聞きたいですわ」

「じゃ、一緒に行きましょう」

と殿永が促した。「私ももちろん聞くつもりですよ」


ホテルのロビーに、臨時の席が作られ、マイクが林立する前に、田村が、落ち着かない様子で座っている。

傍に、武居が腕組みをしながら、妙なことを言い出す奴はぶっとばしてやると言いたげな顔をしていた。

少し離れた所で、その様子を眺めながら、亜由美は——多少大げさに言えば、感動していた。

武居は、決して田村と古い付合いというわけではない。むしろ、田村に恋人を奪われたのである。

それなのに、今、ああして、田村をかばって、本気で心配している。——男同士っていいな、と亜由美は思った。

もちろん女同士だって、親友はいるが、こういうかかわり合い方をした相手を、これほどまでしてかばうことは、なかなかできまい。

「——じゃ、何か質問があったら」

と、ぶっきら棒に、武居が言った。

「失踪の事情について話して下さい」

と、どうやら代表格に選ばれたらしい記者が言った。

田村は水のコップを取り上げて一口飲むと、ゆっくり口を開いた。

「ええと……よくは分らないんです。ともかく、あの日、ホテルに電話がありました」

「どんな電話ですか？」

「男の声で、ビザの点で不備があったから、旅行代理店まで来てくれ、と言うのです。そこで、パスポートを持って、ホテルを出ました。――十メートルも歩かない内に、何だか二、三人の男に囲まれて、そのまま車へ押し込まれたんです」

「男たちはドイツ人？」

「たぶんそうでしょう」

「それで？」

「車の中でクロロホルムをかがされて、意識を失いました。気が付いたときは、どこかの倉庫か何かの部屋に閉じ込められていました」

「縛られてたんですか」

「いいえ。でも、扉は頑丈で、窓は天井近くに小さく開いているだけでしたから、どうやっても出られませんでしたよ」

「そこに、ずっといたんですか？」

「そうです。食事は、毎朝、目が覚めると、ドアの内側に置いてありました」

「すると眠っている間に――」

「そうらしいです」

「ずっと起きていて、犯人を確かめてみようとは思わなかったんですか」

「それが――とても体力が持たなくて。食事もそんな具合で一日一回でしたからね」

「犯人の姿をチラッとでも見るとか、声を聞くとかは？」

「ありませんでした」

と、田村は首を振った。

「失礼」

と、殿永が割って入った。「誘拐の事情、その他の詳細については、これから警察でもうかがわなくちゃならない。あまり立ち入って質問しないで下さい」

「それでは――」

と、レポーターは方向を変えて、「新婚旅行でご主人が失踪してしまったんですから、奥さんは本当に心配されてたと思うんですが……。もうお話になりましたか」

「いいえ」

「電話でも？」

「していません」

「どうしてです？　真先に奥さんへ知らせないと——」

「あれはいいんです」

田村の返事に、報道陣はどよめいた。

「それはどういう意味です？」

「説明して下さい！」

代表も何もあったものではない。口々に叫んで、詰め寄って来る。

武居が立ち上って、大声で言った。「これ以上、質問されても、答えません！」

「もうこれで充分でしょう！」

「それはないよ」

「今の言葉を説明してもらわないと」

「奥さんのことを、『あれはいいんだ』ってのは——」

武居は、無視して田村を立たせようとした。——すると田村が、言った。

「あれは僕の女房じゃないんです」

これだけ騒がしい所で、田村がボソッと口にしたのだから、本来なら聞き取れなくて当り前なのだが、なぜかこのときの、田村の言葉は、気味が悪いほどはっきりと、誰にも聞き取れたのである。

消えた淑子

「参ったよ……」

武居が言った。

ホテルのロビーである。

記者会見した成田のホテルではなく、武居のホテルへ戻って来ていた。

もう夜になっている。武居は、大きくため息をついて、亜由美を見た。

「――どうだい、お腹空かない？」

「そう言われてみれば、多少……」

「一緒に食べよう。こっちも今日は食事どころじゃなかったものな」

全く、その点は、亜由美も同感だった。

二人は、フランス料理の店に入って、奥まった席に着いた。

「いいか、ここに電話があっても、絶対に俺はいないからと言えよ」

武居はウエイターに言った。「たとえ友人だと言ってもだ」

「分りました」

武居はメニューを広げて、

「記者だというと出てくれないから、大学のときの友人で、とか言うんだよね。全く、大した連中だ」

亜由美が軽目に魚料理を頼んだのに対して、武居は、ステーキを注文して、

「苛々してると腹が減るんだ」

と言った。

真面目な顔で言うのがおかしくて、亜由美はつい笑ってしまった。武居もつられたのか、一緒に笑った。

「――田村さん、どこへ行ったんですか?」

「都内某所さ」

「私にも教えてくれないんですか」

と、亜由美は武居をにらんだ。

「まあ勘弁してくれ。彼はまだ入院治療が必要な患者なんだ。話ができるまでに回復したら、必ず会わせてあげるよ」

「信用しますわ」

「ありがとう。――さ、ワインが来た。乾杯といくか!」

景気をつけるように、武居は大げさな声を上げた。

「肝心の淑子さんはどこにいるんでしょう？」

「さあね。何しろ、別荘はあちこちにあるし、しかも僕なんかの知らないのもいくつかあるはずだ」

「増口さんはご存知なんですか？」

「知らないと思うよ。知ってれば言うだろうからね」

「でも妙な話ですね。娘がどこにいるのか分らない。しかも、偽物かもしれないっていうのに、気にもしないなんて」

「あれが増口さん流の子育てなのかもしれないよ」

「それにしても――」

亜由美は、スープが来たので、言葉を切った。今は事件より、食欲の方が重要であった……。

メインの料理が来て、ナイフを入れていると、ウエイターがやって来た。

「お電話でございます」

「おい、いないと言えって――」

と武居が言いかけると、

「いえ、こちらの方にでございます」

と、ウエイターは、亜由美の方へ微笑みかけた。

「私に？　──誰かしら？」

「邦代、と言ってくれれば分る、と……」

「まあ、邦代さん？」

亜由美は急いで席を立った。

「もしもし、塚川亜由美です」

「あ、邦代です」

「何か？」

「お嬢様が、ここへみえたようなんです」

「淑子さんが？」

「ええ、多分。お屋敷の方から、至急来るようにって電話があったんです。それで行ってみると、呼んでなんかいないって」

「じゃ、偽の電話だったのね」

「そうらしいです。で、さっき、別荘の方へ戻ってきたんですけど──」

「ご覧《らん》の通りです」

と、邦代は言った。

亜由美は、淑子の部屋の中を見回した。

洋服ダンスの扉は開いて、中には一着の服もない。引出しも全部引出されて、空になっている。

「徹底的ねえ」

と、亜由美は感心して言った。

「頭に来ちゃいますわ、私」

と、邦代はプンプン怒りながら、「少し古い服をもらおうと思ってたのに」

そこへ、武居も上って来た。

「やあ、こりゃひどい」

「お宅の方では？」

「いや、何も知らないと言ってる。もちろん、ここのお手伝いさんたちを呼んだこともないそうだ」

「じゃ、やっぱり淑子さんが――」

「電話して来たのは、男？　女？」

と、武居が邦代へ訊いた。

「男の声でしたよ」

「すると淑子さんじゃない。一体、誰だろう？」

亜由美は首をひねった。――邦代がエヘンと咳払《せきばら》いして、

「あの……もう一つあるんです」

と言い出した。

「何が?」

「運転手の神岡さん。あの人も、行方が分らないんです」

「ということは――つまり、神岡さんの運転するベンツで、淑子さんはどこかへ行っちゃったというわけね」

「そうらしいです」

「車自体は、そうそうめったやたらと走ってるわけじゃないからね。遠からず見つかるとは思うけど――」

「どこへ行くつもりなんでしょう?」

「見当がつかないわ」

「でも、失踪にしても、変だと思いませんか?」

「何が?」

「これです」

亜由美は、空っぽの戸棚やタンスを手で示して、

「いくらひんぱんに着替える人でも、人目につかないように逃げようというのに、何から何まで着るものを持って行こうっていうのは、おかしくありませんか」

「なるほどね」

「私も変だと思いましたわ」

と、邦代が言った。「だって、夏物、冬物、構わず持ち出してるんですもの」

「ねえ、邦代さん」

と、亜由美がふと思い付いた様子で、

「あなたに電話して来た男って、もしかしたら、神岡さんじゃなかった?」

「まさか!」

と、邦代は言った。「それなら分りますよ」

「でも作り声とか——」

「分りますよ。だって……」

と言いかけて、邦代はちょっと照れたように頭をかく。

そう言えば、彼女は神岡と「いい仲」なのだ。恋人の声なら、間違えはしないだろう。

「それじゃ、やっぱり別の男……」

「一体誰なんだ?」

と、武居がブツクサ言って、「ともかく、彼女の行方を捜さなきゃ」

だが、亜由美の方は、なぜ淑子が、棚を空にしてまで、総ての服を持って行ったのだろうか、という点に心が動いた。

そう小さな荷物ではないはずだ。そんなにまでして、なぜ運んだのか。

「――身体に合わないのを知られないように、か」

と、武居が言った。

「それしか考えられませんね」

と亜由美も肯く。「でも、理論的に考えると、やっぱり変です」

「何が？」

「こんなことしたら、それこそ、自分が偽物だと白状してるようなもんです」

「それはそうだけど……」

「私、何か別のわけがあったんじゃないかと思うんです」

「どういう？」

「まだ分りません」

亜由美は首を振った。「何だか頭の中がこんがらがって来て……」

「果してあの淑子さんは本物かどうか……」

二人が考え込んでいると、

「へえ、面白い話ですね」

と邦代が言った。

亜由美と武居がハッとして、顔を見合わせた。しゃべってはいけないことを、邦代の前で、つい口にしてしまったのだ。

「じゃ、あのお嬢様は、他の女なんですか？」

武居は渋々言った。

「かもしれないってことなんだ。――いいかい、この話は誰にもしちゃいけない。分ったか？」

「分りました」

と、あっさり邦代は肯いたが、武居はどうにも不安らしい。

仕方なく、一万円札《さつ》を何枚か、邦代の手に押し付けて、やっと安心したようだった。

別荘から、武居の車で送ってもらうと、亜由美が家へ着いたのは、もう夜中過ぎであった。

「じゃ、田村さんと話ができるようになったら――」

「連絡する。約束するよ」

「お願いします」

車を出て、亜由美が家の方へ歩きかけると、

「ねえ、ちょっと」

と武居も車を出て来た。

「何ですか？」

振り向いた亜由美に、武居はいきなりキスした。——とっさのことで、亜由美は何が何やら分らなかった。

「おやすみ」

武居は、そう言って車に戻った。

武居の車が走って行くのを、亜由美はポカンとして見送っていた。

家へ入ると、驚いたことに、母の清美がまだソファに座っている。

「待っててくれたの?」

へえ、多少は母親らしいところもあるんだね、と居間へ入って、つい笑ってしまった。

清美は、ソファでいとも気持良さそうに眠っている。TVが、とっくに放映を終って、白い画面になっていた。

引き上げられた車

翌朝——と言っても昼近くだが、起き出して来た亜由美は、朝刊を広げて、目を見張った。

武居のつかませた何万円かは、どうやらむだになったようだ。

〈花嫁は偽物？〉

〈帰国した田村氏の発言とも符合《ふごう》〉

といった見出しが、派手に躍《おど》っている。

おまけに、邦代の写真まで、ちゃんと出ていて、サイズの合わない服……といった談話が掲載されていた。きっと大分謝礼をもらったのだろう。

これは大変だ。

もう週刊誌あたりが動いているに違いないし、田村の居場所を必死で捜しているだろう。

騒ぎになる前に、一度田村と話したかったのだが……。

「——亜由美、電話よ」

と清美が顔を出す。

「はあい」

武居さんかな。昨夜《ゆうべ》のキスは、まだ何となく余韻《よいん》が残っている。

「亜由美です」

「あ、塚川亜由美さんですか」

「そうですが……」

「〈週刊××〉ですが、田村さんの結婚式に出席されましたね。そのときの花嫁の印象などを一言――」

「失礼します！」

亜由美は叩きつけるように電話を切った。またすぐに電話が鳴る。

取ってみると、

「ええと、〈女性××〉ですが――」

「失礼」

と切ると、また鳴る。

頭へ来た亜由美は、受話器を上げると、

「いい加減にしてよ！」

と怒鳴った。

「ああびっくりした。どうしたんだい?」

「あ、有賀君か、ごめん。ちょっとね――」

亜由美が事情を説明すると、

「何だ、そっちにも電話行ってるのか」

「そっちにも?」

「大学で待ち構えてるのが何人かいるぜ。それを教えてやろうと思ってさ」

「大学に?　呆れた!」

「今日は出て来ない方が良さそうだよ」

「そうね……」

いつもなら、出て来ない方がいいと言われりゃ飛びつくのだが、こういうときは反抗的になって、却って出て行きたくなる。

「私、行くわ」

「ええ?　大丈夫かい?」

「頑《がん》として口を開かないから。――もし私に触れる者がいたら、ボディガード、頼んだわよ」

「これは別口じゃないの?」

「いいから!　じゃ、後でね!」

と電話を切って、「お母さん、もう電話出なくていいからね」

と言った。

「どうしたの？」

「週刊誌がやかましいのよ」

「へえ」

清美はまじまじと亜由美を見て、「お前も週刊誌で取り上げられるようになったのかい？」

と言った。

大学へ行くと頑張ったものの、もうお昼である。あまり午後は授業もない。

「やめとこうかな」

と呟いたが、とにかく、有賀へ行くと言ってしまった。

亜由美は、服を着替えて、家を出ようとした。その間にも、電話が五、六回は鳴った。

「じゃ行って来る」

と、家を出ようとすると、また電話が鳴った。「放っといていいよ」

「いいや、この電話は特別だよ」

と、清美が電話を取った。「――ほら、亜由美、殿永って刑事さんよ」

亜由美は、母親の〈超能力〉に仰天した。

「やあ、塚川さん」

「あの――記事のことなんですけど……」

「いやびっくりしましたね。ともかく、まだ田村さんは眠り続けていて、話のできる状態じゃないことを伝えようと思いましてね」

「どうもご親切に」

「こちらも困ってるんです。淑子さんも行方不明だし……」

殿永は、少し間を置いて、「淑子さんが偽物じゃないかということは、あなたもご存《ぞん》知《じ》だったんですね？」

と訊いて来た。

亜由美としては、どう返事をしていいものやら、迷うところである。

「あの実は――」

と言いかけたとき、向うで、

「待って下さい」

と、言った。「――何だって？」

殿永の驚きの声が聞こえて来る。

「どこだ？　――よし、すぐに行く！」

何か、かなりの緊急事態らしい。まさか、今度の事件のことでは、と思った。

「塚川さん、今、電話がありましてね」

「何か？」

「淑子さんの車が、海に転落しているのが発見されたそうです」


クレーンがきしむ。

と叫ぶ声。

「よーし、上げろ！」

モーターが唸り、ワイヤーが、巻き取られて行く。ピーンと張りつめたワイヤーが、少しずつ上って行くと、淑子のベンツが、水中から姿を現した。

亜由美は、その光景に、どこかぞっとするものを感じた。

「あの中に淑子さんが？」

「それはまだ何とも」

と、殿永は言った。

ベンツの車体が水から完全に持ち上げられると、海水が、車体のあちこちから、滝のように流れ落ちる。

「もう少し上げろ。——ＯＫ。道路の上に回せ！」

クレーンが、ゆっくりと回転して、ベンツはまだ水をしたたらせながら、亜由美たちがいる、道の上に運ばれて来た。

「よーし、降ろせ。——静かに。——静かに。——ＯＫ！」

ちょっと弾みがついて、ベンツは、ドシンと音をたてて路面に置かれた。そのとたん、ドアが、ガタンと音をたてて開いた。

「キャッ！」

亜由美は思わず声を上げる。

殿永が車へと駆け寄った。

運転席に、神岡の死体があった。それが、ドアが開くと、外へ倒れて来たのである。

「あの……淑子さんは？」

と、亜由美は、恐る恐る訊いた。

「いません」

「じゃ……」

「海へ投げ出されたのか、それとも、もともと乗っていなかったのか……」

と、殿永は言った。

「死んだと見せかけるために？」

「かもしれません」

「でも……なぜ神岡さんが……」

「自殺する気ではなかったようですよ」

「というと？」

「刺し傷があります。背中です」

「刺し傷？」

「致命傷かどうか分りませんけどね、ともかく、神岡を刺して、その上で車を海へジャンプさせた」

「淑子さんかしら？　そんな恐ろしいことを――」

「偽物なら、やりかねないかもしれませんよ。どうです？」

「ええ……」

亜由美は、もう水が流れ出てしまって、また今にも走り出しそうに見えるベンツを眺めた。

「一度ゆっくりお話しなくてはね」

と、殿永は言った。

亜由美は、殿永が考える時間を与えてくれたのが、嬉しかった。

クレーンが、まだギシギシと音をたてて、外されたワイヤーが、空を横切って行った。

検討

「すみません、どうも……」

亜由美はそう言って、殿永の顔を上目づかいに見た。

殿永は、いつもながらのおっとりした表情で、何やらせっせと手帳にメモをしていた。

「あの……今まで隠《かく》していて、すみませんでした」

殿永があんまり黙《だま》っているので、亜由美はもう一度謝った。

「え？」

と殿永が顔を上げて、「ああ、もういいんですよ。済んでしまったことはしかたありません」

と手を振った。

その手ぶりが大きかったせいか、レストランのウエイトレスがやって来て、

「追加のご注文ですか？」

と訊いた。

「え？　――あ、いや――それじゃ、アイスクリームを」

殿永は注文してから苦笑して、「ああいうときに、何でもないと断るのが悪いような気がしてね」

「気が弱いんですね」

亜由美は少し気持がほぐれて微笑んだ。

「さて、一応、問題点を整理してみたんです」

と殿永は言った。「まず、田村淑子――増口淑子と言うべきかな、彼女が偽物かどうかという点」

「田村さんはそう言っています」

「そう。それに父親も良く分らないと言っている。服のサイズが合わない。田村さんが帰国すると、彼女の方は姿を消した。一緒に行ったとみられる運転手は殺された。――これらの点を並べてみると、どうやら彼女が偽物らしいという結論が出ますね」

亜由美は肯いた。

「でも、目的は何でしょう？　財産かしら？」

「それしか考えられませんね。しかし、私が気になっているのは、そこじゃないんです」

と殿永は言った。

「というと？」

「――まあ、それは置くとして、次の問題は、あのハンバーガーチェーンの店にトラックが突っ込んだ一件です」

「武居さんが狙われた……」

「故意か偶然かという問題が一つ。故意の犯行だとすれば、武居さんが狙われたのはなぜか」

「ただの事故ってことも、考えられないことはありませんね」

「そうでしょう?　さて、次の問題は――」

「桜井みどりさんが殺された件」

「そうです。彼女の一件については、分らないことだらけですよ。なぜ殺されたのか?　どうやって殺されたのか?　誰に殺されたのか……」

「なぜ、という点はあんまり考えませんでしたわ。あの状況にばっかり気を取られていて」

「無理ありませんよ」

「彼女は何かを知っていたわけですね。――武居さんに近付かない方がいい、と言いましたけど、武居さんに何か秘密があるんでしょうか」

「そこなんですよ」

と殿永は言った。「あなたの話では、桜井さんが、武居に近付かない方がいい、と言ったということですが」

「ええ」

「桜井さんは、『武居に近付くな』と言ったのですか？　名前をあげて？」

亜由美は、思い出してみた。――あのキャンパスの芝生で、桜井みどりと話をしていたのだった……。

「いいえ……確か……」

と、亜由美はゆっくりと言った。「武居さんに、とは言いませんでした。『あの男には』と言いましたわ」

「確かですね？」

「ええ。――でも、話の流れというか、それまで武居さんの話をしていたんで、当然武居さんのことだと……。彼女が別の男のことを言っていたとおっしゃるんですか？」

「可能性の問題ですよ。どうですか、その場に他の男がいたとか、そんなことはありませんでしたか」

「いいえ、誰も。――たぶん、桜井さんは武居さんのことを言っていたんだと思いますけど」

「分りました。すると、武居さんが怪しいとも考えられますね」

「でも、そんなことが……」

「一つ妙なことがあります」

と、殿永は言った。「桜井みどりがあなたと話をした。そして、その後、講義中にあなたは呼び出された。それはお母さんが事故に遭《あ》われたという偽の電話だったわけです」

「ええ」

「その偽電話の目的は何でしょう?」

「それは……」

亜由美は少し間を置いて、「桜井さんと会うのを遅らせるためです」

「そうでしょう。その間に犯人は桜井みどりを殺す決心をし、実行した。あなたを偽電話でおびき出したのは、その時間稼ぎだった」

「それはそうでしょうね」

「では、犯人はなぜ、桜井みどりがあなたと会うことになっているのを知っていたんでしょう?」

亜由美は言葉が出て来なかった。——本当にそうだ！　どうして今までそれを考えなかったのだろう?

「桜井みどりがあなたに会いたいと言ったのは、お昼休みですね」

「そうです」

「その後、午後の講義中にあなたは電話で呼び出された。つまり、その間に、犯人は、あなたが桜井みどりと会うことになっているのを知っていたことになります。その短い時間に、ですよ」

「すると……どういうことになるんでしょう?」

「分りません。しかし、武居に、それを知る機会があったとは考えにくい。そうじゃありませんか?」

　亜由美は肯いた。

「桜井みどりの事件については、もちろん、誰が、どうやって殺したのかの問題が残っています。方法については、神田聡子さんが言ったようなやり方だったのか。その可能性はありますが、いずれにしろ、かなりの離れ技でした。それを敢《あ》えてやったのは、犯人側にとっても、かなり危ない瀬戸際に追いつめられていたからでしょう」

「何が何だか分りませんわ、もう……」

　と亜由美はため息をついた。

「ともかく、桜井みどりの件にしても、それだけ分らないことがあるわけです」

「まだあるんですか?」

　と、亜由美は少々くたびれて来て、言った。

「ええ。もう一人殺されていますからね」

「運転手の神岡ですね」

「そうです。彼はなぜ殺されたのか」

「車ごと崖から落として、事故と見せかけるつもりで――」

「事故と見せかけようとして、刺し殺す人間はいませんよ」

「そうですね。すぐに分ってしまう」

「田村淑子が、彼を殺したのか? それならば何のために? これも難しいところです」

亜由美は考え込んでしまった。――この手の話が好きな亜由美としても、現実の事件となると、とても手に負えない。

「手がかりはいくつかあります」

と、殿永は言った。

「何ですか?」

「まず田村さんです。今はまだ話を聞いていませんが、田村さんから直接話を聞くことができれば、いくらか真相は明らかになりそうですよ」

「そうですね。私も会いたいわ」

「それから、増口氏」

「淑子さんの父親ですね。あの人も何だかおかしいわ」

と亜由美は言った。「いくら何でも娘が本物かどうか分らないなんて――」

「いや、それはむしろありうることだと思いますよ」

と、殿永は言った。

「だって――」

「金持の生活というのは、我々には想像もつかないようなところがありますからね。まるで作り話としか思えない実話には事欠きません」

「それじゃ、本当に増口さんは淑子さんのことを疑っているんでしょうか？」

「私が興味があるのは、増口さんが、なぜ娘さんのことを偽物かもしれないと思うようになったか、ということです」

と殿永は言った。

「そう言えば……そのことは何も言っていませんでしたわ」

「だから一つ訊いてみたいんですよ」

殿永は腕時計を見ると、「実はこれから増口氏に会う約束になっているんです。一緒に行ってみますか？」

「よろしいんですか？」

と、亜由美は胸をときめかした。

「構いませんよ。もうあなたはこの事件に、いわば首までつかっているんですからね」

殿永の言葉は、亜由美には、何となく嬉しいような、恐ろしいような、複雑な想いを引き起した……。

逃げた花嫁

前に増口に会ったときは、自宅の広い居間で話をしたが、今日は社長室である。

あの大邸宅の居間に劣《おと》らず広い。その奥に、馬鹿でかい机があって、増口が座っていた。

「やあ、いらっしゃい。そこへかけてくれたまえ」

増口はいつもの、愛想の良い営業用の笑顔で、二人を迎えた。

不思議な人だ、と亜由美は思った。自分の娘が偽物かもしれず、しかも行方不明になっていて、当然その知らせも受けているはずなのに、一向にその様子は変らないのだ。

こんな父親があるだろうか?

広い社長室の一角、衝立があって、そこに高級な応接セットが置かれている。殿永と亜由美がそこに腰をおろすと、

「入口のところで止められんかったかね」

と、増口は言いながら、自分もソファに身をどっかと沈めた。「何しろ週刊誌やTV局が押しかけて来て、うるさくて仕方ないんだ」

「大変ですね。どこかへ身を隠されては？」

と殿永が言った。

「何も悪いことをしたわけではないからな」

増口は笑って言った。「——ときに、何か訊きたいことがあるという話だったが」

「お嬢さんが行方不明になっていますが」

「うん、聞いとる。まあ、そこの娘さんにも言った通り、あれが本当に娘かどうか、分らんがね」

「あまりご心配の様子ではありませんね」

「心配して何になる？　どこにいるかも分らんのだ。どうせ私には何ともしてやれんのだからな」

「それはつまり——」

「おいおい、君」

と、増口は遮って、「君も警察官だろう。しかも、なかなかの切れ者と見たぞ。淑子が私の本当の娘でないことぐらい、先刻ご承知だろうが」

と言った。

これには亜由美も仰天した。殿永は、微笑んで、

「そちらから言い出して下されば幸いです」

と肯いた。「淑子さんは、あなたの妹さんに当るわけですね」

「妹ですって?」

と、亜由美は思わず言った。

「そう。淑子は私の親父が、女房以外の女に生ませた子だ。それを私が養女として引き取った」

と、増口は言った。「いや、はっきり言えば押し付けられたのさ。こっちは父親の命令には逆《さか》らえん。財産を継ぐには、それが条件だったのだ」

なるほど。そうなると、淑子は増口にとって、妹にして娘ということになるわけだ。とても愛情など湧くまい。

「しかし、誤解せんでくれよ」

と、増口は言った。「私は、ちゃんと、やるだけのことは淑子にしてやった。別に淑子をいじめたりした覚えはない」

「淑子さんはそのことを?」

と亜由美が訊いた。

「知っていた。かなり早くからな。うちの家内が、やはり素直には可愛がることができなかったのだな。子供の頃にしゃべってしまったのだ」

それは淑子には大きなショックだったろう。しかし、増口とその妻の気持も、分らぬでもないが。

「その件はともかく――」

と、殿永は話を変えた。「淑子さんが偽物かもしれないと考えたのは、なぜですか？」

「ああ、それは、匿名《とくめい》の電話があったからだ」

「どんな声ですか？」

「男の声だった。しかし、押し殺した声で、よく分らなかったな。ともかく淑子が他の女と入れ替《かわ》っていると言うんだ。それだけ言って切れてしまった」

「ご自分で確かめようとしなかったんですか？」

「自分の目には自信がなかった。それに、もし誰かが淑子になりすましているのだとすれば、それを気付いた人間を殺そうとするかもしれん。それが怖くてな。こう見えても、私は死ぬのが好きではないのだ」

「好きな人はいませんわ。じゃ、私か武居さんなら殺されてもいい、と思われたんですね」

亜由美がにらむと、増口は笑って、

「そうとも。君らが殺されても、私は死なずに済む。そこが肝心のところだ」

と、増口は平然としている。

亜由美は、怒るのも忘れてポカンとしていた。こうでなくては、金持にはなれないのかもしれない。

「じゃ、今、淑子さんがどうしているか、気にならないんですか」

と、亜由美が訊くと、増口は肩をすくめて、

「別にならんね」

と言った。


「――呆れたわ！」

社長室を出ると、亜由美は息をついた。

「殿永さん、淑子さんのことをご存知だったんですね」

「ええ。黙っていてすみませんね。それを増口氏にぶつけて反応を見ようと思っていたんです。しかし、向うから言い出されてしまった」

「一筋縄《ひとすじなわ》で行かない人ですね」

「正に、その通りですな」

殿永は、タクシーを拾うと、ある病院の名を告げた。

「どこへ行くんですか？」

「さっき連絡を取ってみたんです。どうやら田村さんが、話ができる程度には回復したようですよ」

と殿永は言った。

二人の乗ったタクシーは、郊外の、割合に小さな個人病院の前で停った。

「ここに、田村さんが?」

「都内の大病院じゃ秘密を保《たも》てませんからね」

と、殿永は言った。

病院の入口に、警官の姿があったが、それ以外は、どこといって変るところのない、静かな緑に囲まれた病院である。

「やあ、どうも」

院長らしい、初老の医師が出て来て、

「もう大分元気になりましたよ」

と、先に立って病室へと案内してくれる。

明るく陽の射し込む病室で、田村はベッドに起き上って、窓の外を眺めていた。

「田村さん」

と亜由美が声をかけると、田村がゆっくり振り向く。

「やあ、塚川君か」

声は弱々しくて、頰がこけていたけれど、田村らしい笑顔が戻っていた。

「気分はどうですか?」

「うん。まあまあだ。――君にも大分心配かけたようだね」

「まあ多少は」

と、亜由美は微笑んだ。

「失礼します」

と、殿永が自己紹介をしてから、「二、三うかがいたいことがあるのです」

と言った。

「ええ。――成田で、記者たちとの仲裁《ちゅうさい》に入って下さった方ですね。憶えていますよ。何をお話すればいいんですか？」

「奥さんのことです」

「淑子さんの？　いや、妻のことを『さん』づけじゃおかしいかな。しかし、どうも何と呼んでいいのか分らないので……」

「この塚川さんに、あなたは、結婚式の当日、花嫁が別の女だと囁いたそうですね」

田村はちょっと間を置いてから、肯いた。

「それはどういう意味だったんです？」

田村は、言葉を選ぶように、しばらく迷ってから、言った。

「そう見えたんですよ。――本当に妙な気分でした。それまで淑子さんとは、何度か付き合っていたし、彼女の方が僕との結婚に熱心でした」

田村は苦笑して、「本当ですよ。僕にだって信じられないくらいでしたが、結婚を申し込《こ》んで来たのは、彼女の方だったんです」

「いや、別におかしくありませんよ」

「そうですか？　――ともかく、僕は結婚が決ってからも、仕事が忙しくて、それに、その手のことはまるで苦手なので、披露宴の手配など、万端、彼女へ任せきりでした」

「なるほど」

「ところが、当日は彼女とはあまり話をする機会がありません。で、いざ、披露宴の席で彼女と並んで座っていると、どうも彼女の様子がおかしいんです」

「どういう風に？」

「何というか……。話しかけても、口もきかないし、それに心もちやせたようで、少し顔の感じが違うんです」

「つまり別の女だ、と？」

「そんなこと、まさか、と思っていましたがね。――化粧が濃いせいかとも思いましたが、どうも、そうでもない。どこかおかしいんです」

「それで、塚川さんに……」

「あれは、とっさのことで、僕も混乱していたんです。しかし、あのときには、どうにもその疑惑がふくれ上って来ていて……。ともかく、誰かにそのことを話しておきたかったんです。僕の勘違いなら、後で笑って済むことですしね」

「びっくりしましたわ」

と、亜由美は言った。

「すまないね。驚かせる気じゃなかったんだが……」

「ああ言われて驚くなって方が無理だわ」

と、亜由美は笑った。

「しかしですね」

と殿永が真面目な口調で続ける。「お二人はハネムーンに発って、何日か一緒におられたわけでしょう。その間に、彼女が偽物なのかどうか、分ったんじゃありませんか？」

「そこなんですよ」

と、田村はため息をついた。「僕も、旅行に出れば、はっきりすると思っていました。二人きりになって話せば……。化粧を落とした素顔も見られるわけですからね」

「それで……」

「ところが、だめなんです」

「というと？」

「ハンブルクであんな目に遭う前、何日かあったわけですが、二人で過ごした時間なんて、ほとんどなかったんですよ。向うへ着くと、増口さんのホテルチェーンの人間が待ち構えていましてね。市内観光や、名所へ案内してくれるんです」

「なるほど」

「そして夜は毎晩、増口さんと何らかの仕事で付合いのある、かなりのお偉方に夕食に招待されましてね。——もう、食事は多いし、ワインは飲まされるし、ホテルへ帰ると胃の薬を服《の》んで、そのままベッドへドタッと倒《たお》れるというくり返しだったんです」

「それはお気の毒に」

「大体、僕はアルコールに強い方じゃないので、悪酔いして、大変でした。とてもじゃないけど、向うの人の食欲にはついて行けません」

「では、奥さんとゆっくり話をする機会は？」

「全然ありませんでした」

殿永は、チラッと亜由美の方を見て、エヘンと咳払いした。

「しかし……その……ハネムーンなんですから、夜はその……つまり……お二人だったわけでしょう？　まさか寝るときまで誰かがそばにくっついていたわけは……」

亜由美は赤くなって殿永をにらんだ。

「私に気をつかって、変に遠回しな言い方しないで下さい！」

「いや、どうも……」

と殿永が頭をかく。

「お話は分りますよ。――実は、全くだらしのない話ですが、ついに彼女とは寝ずじまいでした。毎晩酔って帰るんじゃ、とても無理です。――あの、ハンブルクが、その意味では、初めての機会だったんです」

「つまり、二人きりで過ごされたわけですね？」

「ええ、夕食の約束もなく、案内してくれる人もいませんでした。ホテルに着いて、本当にホッとしたのを憶えています」

「で、彼女と話をすることができたんですか？」

「それが……」

田村はちょっとためらいがちに言った。「まあ僕も、結婚したからには、夫の義務を果さなきゃと思っていましたし……。部屋で落ち着いたのは、昼過ぎでしたが、彼女とベッドに入ろうとしたんです。彼女もちょっとためらっていましたが承知してくれて、じゃシャワーを浴びようということになり、僕が先にバスルームへ入ったんです。ところが出てみると、彼女、いなくなっていたんですよ」

「いなくなって？」

「要するに逃げられたんじゃないですか。こっちは途方に暮れてしまいました。そこへ、例の、呼び出しの電話がかかって来たんです」

「すると、つまり、淑子さんが偽物かもしれないという疑いは、最後まで残っていたわけですね」

「そうです。——信じてもらえないかもしれませんが、事実なんですよ」

田村はそれだけ話すと、疲れたのか、息を吐《は》いて、ベッドに横になった。

「どうも、お疲れのところ、すみませんでした」

と殿永は会釈して、病室を出て行こうとした。

「——刑事さん」

と、田村が、少し弱々しい声で、言った。

「彼女を見付けて下さい」

「力を尽《つ》くしますよ」

と、殿永は言った。

亜由美は、殿永と一緒に病室を出ると、

「やっぱり彼女、そっくりな偽物だったんですね」

「そのようですね」

と殿永は言った。「しかし、そうなると、問題は一つ増えます」

「え？」

「本物はどこにいるのか、ということです」

何となく、二人は口が重くなり、黙って病院の出口へと歩いて行った。

掘り出された秘密

玄関のドアを開けると、有賀が立っていた。

「一人かい？」

「ええ。入って」

と、亜由美は言った。「――ちょうど良かったわ。誰かと話したかったの」

「何だ、それじゃ誰でも良かったみたいじゃないか」

と、有賀は笑って言った。

居間《いま》へ入ると、ドン・ファンが長々とソファの中央を占領している。

「何だ、このワン公、まだここに居座《いすわ》っているのか？」

「だって、どこへ返せばいいの？　何だか増口さんには会う気しないし……。ね、何か飲む？」

「アルコールはまずい。今、絶《た》ってるんだ」

「へえ。飲み過ぎて暴れたの？」

「よせやい。来週、山に行くからさ」

「あら、まだ山登りなんてやってるの？」

「見くびるなよ。こう見えたって——大したことはないんだぞ」

「変な自慢ね」

と、亜由美は笑った。「じゃ、紅茶でもいれるわ」

有賀と話していると、それだけで何となく気が晴れるのだ。こういうボーイフレンドも貴重である。

「——田村さん、まだ退院できないのかな」

と、紅茶をすすりながら、有賀は言った。

「もう大分元気になったようね。でも難しいところじゃない？　増口さんのところで働くことになっていたのに、淑子さんが行方不明じゃね」

「彼女の行方も分らないのか」

「そうらしいわね」

「週刊誌あたりじゃ、随分騒いでるな。彼女の出生の秘密とか言って」

「いやね、あんな記事。——あの環境については、私、淑子さんに同情するわ」

「逃げているのが偽物だとしたら、本物の淑子さんは殺されているのかな」

「そうね。——これだけ騒がれてるんだもの。生きていれば出て来るでしょう」

「もう週刊誌の連中は来ない？」

「ええ。でも昨日、何だか電話があったみたい。お母さんが出たんで、向うは早々に切っちゃったようよ」

「君のお母さん、変ってるものな」

「私も年取ったら、ああなるのかな、と思うと心配よ」

ドン・ファンが、亜由美の膝の上に来て、クンクンと鼻を鳴らした。

「何なの？　――あ、そうか。ごめん、お前の紅茶、忘れてたわ」

仕方なく、亜由美は、まだ飲み始めたばかりの紅茶を、ドン・ファンの皿へあけてやった。ドン・ファンがペチャペチャと音をたてて飲み始める。

「我が家は犬まで変ってる」

と亜由美は言って笑った。

電話が鳴って、亜由美は、

「きっとお母さんよ」

と言いながら、受話器を上げた。「はい、塚川です」

「あの、私、邦代ですけど」

あの別荘の、手伝いの娘である。

「あら、何か？」

「実は、ちょっと妙な物を見付けたんです」

「妙な物って?」

「あの——別荘へ来ていただけません?」

亜由美はちょっと迷ってから、

「ええ、いいわ」

と言った。「でも、今から行くと夜になるわね」

「どうせ私、今一人なんです」

「あら、もう一人の方は?」

「他の別荘へ移っちゃって。ここはどうせ当分使わないでしょう?」

「それもそうね。分ったわ。これから行く。それじゃ」

「あの——」

と邦代があわて気味に言った。「この間のことはすみませんでした」

「この間のこと?」

「武居さんから、お嬢さんのことを黙っててくれって、お金までいただいたのに……」

「ああ、あのことね。いいわよ。どうせ分ることだったんだもの」

「そうですか」

と、邦代はホッとした様子で言った。

「それじゃ、今度もいくらかいただけます?」

亜由美は、つい笑い出しそうになった。チャッカリ屋だが、どこか憎めない相手なのである。

電話を切ると、亜由美は有賀に、

「――こんなわけ。一緒に行ってくれる?」

と訊いた。

「どうせそのつもりだろ?」

「もちろんよ。だって私、道が分んないんだもの」

と亜由美が澄まして言った。

ドン・ファンがクゥーンと鼻を鳴らして、亜由美の足に体をこすりつけて来る。

「あ、分ったわよ。お前も行くのね」

「じゃ車をどうにかしなきゃ」

「借りられる?」

「誰か貸してくれると思うぜ。――二十分待ってろ。都合つけて来る」

有賀は急いで飛び出して行った。

実際には十五分で、有賀は戻って来た。

「ちょっと中古だけど、まあいいだろう。乗れよ」

と、亜由美とドン・ファンを乗せて、いささか息切れのしそうな〈老車（?）〉はガタゴトと走り出した。

あまりスピードが出ないので、ちょっと時間はかかったが、それでも何とか別荘へ辿《たど》り着く。

——もうすっかり陽は落ちて、闇が周囲を包んでいた。

「邦代さん！　——邦代さん！」

と、亜由美は呼んだ。

玄関のチャイムを鳴らしてみたが、一向に出て来る気配はない。

「——開いてるわ。入りましょう」

「どこにいるのかな」

「ちょっと気味悪いわね」

中は、明りが点いているが、物音はしない。

「邦代さん！　——塚川亜由美よ！」

と、声を上げる。

「探してみようか?」

「こんな広い所を?　きっと戻って来るわよ」

「でも、開けっ放しで出て行くかい?」

「それはそうね……」

亜由美は、不安な思いで、周囲を見回した。――突然、玄関のドアがガタッと音をたてて開いて、亜由美たちは飛び上りそうになった。

「あら、いらしてたんですか、すみません」

と、邦代が、何やら大きな包みをかかえて入って来る。

「ああ、びっくりした」

亜由美は胸を撫でおろした。「一体何事なの？」

「これなんです。居間の方で広げましょう」

と、邦代が、ひとかかえもある大きな包みを、居間の方へ運んで行く。

「僕が持つよ」

と、有賀がナイトぶりを発揮しようとした。

「すみません」

手渡そうとしたとたん、包みが解けて、中身がドッと床へ落ちた。――服だ。女物の、ワンピースやブラウス、スーツなどである。

「洋服ね」

と、亜由美がその一つを取り上げた。

「あ、こら、ドン・ファン！」

　ドン・ファンが、床に山となっている服の中へ首を突っ込んで、キャンキャンと甲高《かんだか》く吠え始めたのだ。尻尾を振り、中をかき回すので、服が四方八方へ飛び散った。

「こら！　ドン・ファン、やめなさい！」

　やっとの思いで、ドン・ファンをかかえ上げる。

「——この服はどこで見付けたの？」

「林の中です」

「林の？」

「ええ」

　と、邦代は肯いた。「埋めてあったんです。——私、昼間、ゴミをどこかへ埋めようと思って、林の中へ入ったんです。そしたら、何かこう、掘り起して、また土をならしたようなあとがあって、何だろう、と思って掘り返してみたんです。そしたら、これが」

「埋めてあったのね」

「もう一つあります。居間に置いてありますけど」

「この包みが二つ？」

「それ、もしかしたら、いなくなった淑子さんのじゃないのか」

　と、有賀が言った。

「そうらしいわ。邦代さん、服に見覚えはない?」

「あります。間違いありませんわ」

居間へ、服を全部運び込むと、もう一つの包みを解いて、ソファに並べてみた。かなりの量である。

「——じゃ、持ち出して、すぐ近くに埋《う》めたんだな」

と有賀が言った。

「どうしてそんな面倒なことしたのかしら?」

亜由美は手近な服を取り上げてみた。ドン・ファンが相変らず服の匂《にお》いをかいでは吠えている。

「ドン・ファンが、匂いを憶えてるってことは、きっとこれは本当に淑子さんの服だったのよ」

と、亜由美は言った。

「だから、偽物には合わなかったんだな」

「でも、ちょっと変ね」

「何が?」

「持ち出したりすれば、偽物だって言ってるようなもんだし、それに、そんなすぐ近くに埋めるなんて……どこか遠くへ行って捨てるか燃やすかすればいいじゃないの」

「そりゃそうだな。でも、犯人なんて、やっぱりあわててんだよ。だから冷静に判断できないのさ」

「そうね、たぶん」

と、亜由美は肯いた。「ともかく、殿永さんに知らせなきゃ」

「あ、この服だわ」

と、邦代が、赤のワンピースを取り上げて、

「これがほしかったんだ！　——ねえ、この服、全部警察で持ってっちゃうんですか？」

「たぶん、そうでしょうね」

「一枚ぐらいくれないかしら」

邦代は残念そうに言って、その服を体にあてている。亜由美は微笑みながら、

「じゃ、殿永さんに訊いてあげるわ。後でもらえるかどうか。電話借りるわね」

亜由美は殿永へ電話を入れた。

「もしもし、塚川です。殿永さん——」

「今、どこです？」

殿永の声は、いつになく緊張している。

「あの——別荘です。増口さんの。実は服が——」

「病院に彼女が現れたんですよ」

「彼女って――」

「淑子です。いや、偽物かもしれませんが」

「どこの病院ですか？」

「田村さんのですよ。今から急行するところです」

「私もすぐ行きます！」

亜由美は電話を切ると、「有賀君、車！」

と叫んで、ドン・ファンをかかえ上げた。

「どこに行くの？」

「後で説明するわ。急いで！　――邦代さんまた連絡するから、これは大事に取っておいてね」

「ええ、でも……」

と、邦代は何やら首をひねっている。

玄関の方へ急ぎながら、亜由美は、邦代が呟くのを聞いた。

「おかしいなあ……」

すり替えられたもの

「もう、びっくりして心臓《しんぞう》が止るかと思いましたわ！」

と看護婦は、まだ青くなって震《ふる》えている。

「落ち着いて、ゆっくり、話して下さい」

殿永がなだめるように言った。

「ええ……。私、ちょうど体温を計る時間だったので、体温計を持って、あの病室の前を通りかかったんです。他の病室へ行くところだったんですけどね」

「すると中で音がした」

「はい。何かこう――ドシン、って物の倒《たお》れるような音がして――。後でみたら、椅子が倒れてました。きっとあれですわ」

「なるほど、それで？」

「その音で、ふっと足を止めました。そして耳を澄ましていると、『ワーッ』って叫び声が――」

「それは田村さんの声ですね」

「ええ。『やめてくれ』って叫び声がして、私、びっくりしてドアをパッと開けたんです。そしたら、女が立っていて、キッとこっちを振り向いて――」

「この女ですか」

殿永が、淑子の写真を見せる。

「ええ、この人です。もっとこう……怖い顔でしたけど」

「どんな格好をしていました?」

「そうですね、ええと……コートを着てましたわ、白っぽい。で、髪がこう乱れた感じで……。もう目が恐ろしくって、ギラギラ光ってる感じでした……」

亜由美は話を聞きながら、ちょっと脚色してあるわ、と思った。

「そして手にナイフを握ってました。その刃《は》がキラッと光って……」

「で、あなたはどうしました?」

「もう怖くって、悲鳴を上げてしまいました。そして手にしていた体温計や器具を落っことして――あれ、壊れちゃったかしら」

と、変なことを心配している。

「そして廊下へ出て助けを求めた」

「そうなんです、『誰か来て』って叫びました。大声で言ったつもりだったんですけど、何だか囁くような声だったらしいですわ」

「しかし、あなたのおかげで、女は逃げました。田村さんも助かったわけですよ」

「まあ、そんな……」

と、看護婦は照れたように赤くなった。

「──殿永さんは、女性の相手がお上手ね」

と、亜由美は後で言った。

「皮肉ですか、それは」

と、殿永は笑った。

「田村さんの様子は？」

「今、鎮静剤で眠っています。まあ、無事で良かった」

「でも淑子さんがどうしてこの病院を知ってたのかしら」

「それも問題ですが、しかし方法はあります。現に、二、三の記者がかぎつけて来ていますしね。隠していても限度がある」

「そんなものですか」

「むしろ私が気になるのは、なぜあの女が田村さんを殺そうとしたか、です」

「というと？」

「つまり、偽物であることはもうばれてしまっているわけでしょう。それならば後は逃げるしかないんじゃありませんか」

「田村さんを殺しても、何の利益もありませんね」

「そうでしょう？　警官が張り込んでいる病院へ、危険を犯して忍び込むというのは、よほどの恨みを田村さんに対して抱いているとしか思えません」

亜由美は肯いた。

「それじゃ——一体どういうことになりますの？」

「分りません。いや、考えはあるのですが、もう一つぴったり来ないんです」

「あ、そうだわ、そう言えば——」

亜由美は、別荘の近くで、淑子の服が見付かったことを話した。

「確かに彼女の服ですか？」

と、殿永は言った。

殿永にしては珍しく興奮の面持ちである。

「あの邦代って子が言ってたから、確かだと思いますけど」

「そうですか。もしそれが——」

と、殿永は独り言のように呟いた。

「田村さんは大丈夫でしょうか」

と、亜由美が言うと、殿永は、ふと我に返った様子で、

「ここは心配ありません。警備も増やしたし、あの女も、もう無理だと思っているでし

よう」

「そうですか」

殿永はちょっと考え込んでいたが、

「どうです？　もう一度、ドライブに付き合いませんか」

と言い出した。

「ええ。でも、どこへ？」

「別荘です。その、出て来た服というのを見ておきたいんですよ」

殿永の目は輝いていた。

「よほど何か意味がありそうですね。――もちろんご一緒しますわ」

と、亜由美は言った。

何となく胸がときめいて来る。殿永の興奮が伝染したのかもしれない。

「では――」

と殿永が言いかけたとき、武居が急いで廊下をやって来た。

「一体何があったんです？」

と、武居は問い詰めるように言って、

「田村君は？」

「無事です。今、眠っていますよ」

「ちゃんと警備してくれなくちゃ困りますよ。信頼して預けてるんですからね」

と厳しく言ってから、ちょっと落ち着いた様子で、

「いや……ついカッとして。すみません」

「いいえ、当然のことです。何と言われても仕方ありません」

「犯人はあの女なんですね？」

「ええ。危機一髪でした」

「執念深いなあ。一体何者なんだろう」

と、武居が言った。

「そこですよ」

と殿永が肯く。

「――何がです？」

「もしあれが偽物なら、本物の淑子さんはどうしたのか。そして、そんなに良く似た偽物を、どこで見付けて来たのか」

武居は殿永の顔を見つめて、

「それが――何か分ったんですか？」

「これから分るんじゃないかと思うんですよ、武居さん」

と、殿永は言った。

結局、武居も加えて、殿永、亜由美、車を運転して来た有賀の四人で——いや、ドン・ファンも加えて、四人プラス一匹で、再びあの別荘へ向かうことになった。

別荘に着いたのは、もう夜中だった。明りも消えている。

「——起すのも気の毒ね」

と、亜由美が言った。

「忍び込んだら、もっとびっくりするぜ」

と、有賀が言った。

武居がチャイムを鳴らすと、しばらくして、

「どなた？」

と、邦代の声がした。

「警察の者だが……」

「邦代さん。私、塚川亜由美よ」

ドン・ファンがワンと吠える。

ガチャガチャと音がして、ドアが開いた。

「あの——何か？」

パジャマ姿で邦代が立っている。

「あの、淑子さんの服を見せてほしいの」

「こんな夜中に?」

「ごめんなさい。でも、みんなそのために、こうしてやって来たんだから」

「それはいいんですけど……」

と、邦代はためらっていたが、やがてヒョイと肩をすくめて、「どうぞ。今、帰らせますから」

「誰を?」

と、亜由美が訊く。

「ちょっとした知り合いです」

と言って、邦代は、「ねえ、ちょっと! お客さんだから今夜は帰って」

と、奥《おく》の方へ声をかけた。

おずおずと出て来たのは、若い男で、

「今晩《こんばん》は」

ピョコンと頭を下げると、逃げるように出て行く。

「あの人は?」

「デパートの配達の人なんです。ちょっと気が合ったもんですから、つい話し込んじゃって」

邦代は澄まし顔で言った。亜由美は苦笑した。

「――淑子さんの服を見せてくれる？」

「ええ。居間に置いたままです」

邦代が居間のドアを開けて、明りを点ける。――服の山が、ソファの上に築かれていた。

「これは間違いなく淑子さんのものなんだね？」

殿永が服を一つ一つ取り上げながら言った。

「ええ、たぶん……」

邦代の答は、やや曖昧だった。

「たぶん？　はっきりしないのかい？」

「実は、ちょっと妙なことがあるんです」

と邦代は言った。

「言ってみてくれないか」

「その服なんです。赤いやつ。――それです。これ、私が特に気に入ってたんです。お嬢様が、服が合わないので、一度、『これをいただいていいですか』って訊いたことがありました」

「淑子さんは何と？」

「着られるなら構わないっておっしゃいました。で、そのときに、私、これを着てみたんです」

「それで？」

「丈《たけ》が長すぎたんで、少しつめなきゃな、って思ったんです。ともかくその場は、この服を洋服ダンスに戻しておきました」

邦代は、赤い服を手に取ると、自分の体に当てて、

「でも――見て下さい」

「長くないじゃないの、別に」

と、亜由美は言った。

「そうなんです。でも、前に合わせたときには長かったんですよ」

「どういうことだい？」

と、武居が眉《まゆ》を寄《よ》せて、「つまり、縮《ちぢ》んじまったってことか」

「そんなはずありません。だって、こんなワンピースを、クリーニングに出さないで、自分で洗うなんてこと、ありませんもの」

「クリーニングには出さなかったのね？」

と亜由美は訊いた。

「出しません」

「じゃ、きっとここで洗ったんだろう」

と武居が言った。

「洗えば分かりますよ」

と、亜由美は言った。「これは洗っていません」

「ということは……」

有賀がキョトンとして、「この服が縮んだんじゃなくて、彼女の背がのびたってこと?」

「そんな短い期間に、そんなことあるわけないでしょ」

と、亜由美は言った。

「じゃ、一体――」

「つまり、それは違う服なのよ」

しばらく、誰も口をきかなかった。

「私もそう思いました」

と、邦代が言った。「これは、前に私が着たのとは違う服ですわ」

「すると、どういうことになるんだ?」

と有賀が頭をひねった。

「この服なら、淑子さんに合ったんじゃないかな」

と殿永は言った。「つまり、淑子さんが服が合わなかったのは、淑子さんが別人だったからでなく、服の方が別物になっていたからだった、としたら？」

「まさか！」

と武居が言った。「だって、これが、そもそもの淑子さんの服だってことがどうして分るんです？」

「これは淑子さんの服ですわ」

と亜由美は言って、服の一つを取り上げると、ドン・ファンの方へ投げてやった。

ドン・ファンはその匂いをかいでは、ワンワンと吠えた。

「分ったわ、この別荘へ最初に来たとき、ドン・ファンが林の中へ走って行ってしまったわけが。――これが埋めてあることを、知っていたのよ」

「つまり、淑子さんが帰国したとき、服は全部、別物と入れ替《か》えられていた。同じ品で、サイズが少し違うものを、揃えておいたのです」

と殿永は言った。

「どうして、そんな厄介なことを？」

と、有賀が言った。

「淑子さんが偽物だと思い込ませるためですよ」

「ということは……」

亜由美はゆっくりと言った。「あの淑子さんは、本物だったんですね！」

「そもそも、婚約者や親にも見分けのつかないような似た女性がそうざらにいるはずがありません。つまりこの事件は、本物の淑子さんを、偽物で、かつ本物を殺してすり替ったのだと見せかけるように仕組まれたのです」

殿永の言葉に、みんなが顔を見合わせた……。

裏切られた女

「——分りませんわ」

と、亜由美は言った。

「何がです?」

殿永が訊く。

二人は、もう夜明けの近い街を車で走っていた。殿永が、亜由美を自宅まで送ることにしたのである。後ろの座席には、ドン・ファンが、のんびりと眠っている。

「淑子さんが本物だとしたら、なぜわざわざ田村さんに、別人のように思われるようなことばかりしたんでしょう?」

殿永は、しばらく黙《だま》って車を走らせていた。そして、急にブレーキをかけて、車を停めた。

「どうかしたんですか?」

と、亜由美は訊いた。

「どうです? どうせなら、これから全部の謎を解いてみますか」

殿永は恐ろしいほど真剣だった。こんな殿永の顔を見るのは、初めてだ。

亜由美はゆっくり肯いた。

「お待ちなさい」

殿永は車を出ると、近くの電話ボックスへ走って行き、電話をかけていたが、すぐに戻って来た。

「では、行きましょう」

「どこへ？」

「あの病院へ戻ります」

殿永は車をUターンさせた。

「——病院へ行ってどうするんですか？」

「彼女を待つんです」

「淑子さんを？　でも——」

「警備を解くように、今命令しました。淑子さんはもう一度現れますよ」

「まさか！」

「いや、きっと来ます。——ともかく待ってみましょう」

殿永の口調は自信に満ちていた。

「もし……現れなかったら？」

「現れるようにします。あなたも協力していただきたいんですがね」

亜由美は当惑顔《とうわくがお》で殿永を見た。


病室は、まだ暗かった。

外は空が白み始めているが、カーテンが引かれて病室の中は、まだ夜の闇《やみ》に満たされている。

田村は、ちょっと苦しげに息をして、身動きした。

——目が開く。

まだ眠っているのかと思うような、暗がり。しかし、しばらくその暗がりを見つめていると、少しずつ物の形が判別できて来る。

田村は、鎮静剤の効果がまだ残っているのか、多少、夢うつつの状態だった。

ドアのノブが回る音がした。ドアが静かに開いて来る。

看護婦《かんごふ》か、と田村は思った。ずいぶん早いな。——いや、本当はもう朝になっているのかもしれない。

女のシルエットが、一瞬チラッと目に映《うつ》った。中へ入って来ると、その女はドアを、細く開けたまま、ベッドの方へ進んで来た。

白っぽい服だけが分る。やはり看護婦だろう。

「早いね」

と、田村は、いくらかもつれる口調で言った。——そして、目を見張った。

看護婦ではない。

白いのは、白衣でなく、コートだった。手に握ったナイフが見える。見上げると、女はマスクで顔を隠していた。

田村は叫ぼうとした。しかし、声にならない。

女がナイフを振りかざして近付いて来る。

「やめてくれ……」

押し出すような声が洩れた。手をのばそうとするが、薬のせいだろうか、手が持ち上らないのだ。

「許してくれ……」

田村は言った。ナイフは、彼の心臓をめがけて、振り降ろされようとしていた。

「助けてくれ！　——君を——君を殺す気はなかったんだ！」

田村は必死で体をずらそうとした。「僕は——僕は——あいつの言いなりに動いていただけだ！　本当だ！」

ズルズルと滑《すべ》って、田村は床《ゆか》へ落ちていた。床を這って、逃げようとする。

「君を——愛していた。本当だ！　でも——でも、僕は——金が欲しかったんだ。それだけなんだ！」

女はベッドの傍《かたわ》らに立って動かなかった。田村は、ドアへ向かって四つん這いになって進んで行くと、体ごとぶつかるようにしてドアを開けた。

「どうも」

頭の上で声がした。——殿永が、田村を見下ろしている。

「あなたは……」

「殿永刑事です。そして——あなたの良くご存知の方ですよ」

田村は振り向いた。廊下の明りに照らされて、女が立っている。マスクを外《はず》した。

「塚川君！」

田村の口から、震えるような声が洩れた。

「田村さん」

亜由美はコートを脱いでその場に落とすと、

「あなたは……淑子さんを殺そうとしたんですね！」

田村は、床に座り込んだまま、うなだれていた。殿永は、亜由美の手から、ナイフを受け取った。

「田村さんのようなタイプの人は、おそらく大学に残って研究生活を送っていれば良かったんでしょうね」

田村は深々と息をついた。

「僕だって——そうしたかったよ。しかし、とてもそんな経済的余裕はなかった」

「あなたのようなタイプの人に、会社勤めは辛かったでしょう」

「辛いなんてものじゃなかったよ」

田村は苦々しい笑いを浮かべた。「あんな上役連中に頭を下げ、心にもないお世辞を言うなんて——堪えられなかった！」

「それでお金目当てに、淑子さんに近付いたんですか」

「それだけじゃない。——僕には恋人ができた。子供も生まれる。だが、僕は恐ろしかったんだ。そのために、一生、あの惨《みじ》めな生活を送るのかと思うとね。だが……あるパーティで、たまたま知り合った淑子が、増口の娘だと知って、あんな女と結婚したら、さぞ楽な暮しができるだろうと思った。——でも、僕には恋人がいたし、本気でそんなこと考えたわけじゃなかった……」

「それじゃどうして——」

「ちょうどそのパーティに、あいつも来ていたんだ。そして僕を見付けると、飲みに誘って来た。僕は酔って、何もかも、そいつにぶちまけた……」

「で、彼が、あなたに、その計画を吹き込んだわけですね」

「そう……。こっちは最初本気にしてなかった。でも、あいつは、根っからの悪党だった」

田村は、少し間を置いて続けた。「あいつの計画が、僕の耳の中で、毎日毎日、鳴り渡った。鐘の音みたいにね。――やれるだろうか？　やれるかもしれない。いや、きっと大丈夫だ。――そう思うようになるのに、時間はそうかからなかった……」

「恋人にはどう言ったんです？」

「彼女は僕をいさめるどころか、たきつけたよ。それで僕も決心した。――淑子と出会う段取りは、あいつがつけてくれた。信じられないくらいだったが、淑子は僕にすっかりのぼせ上っていたんだ。たぶん、こういうタイプが珍しかったんだろうな」

「淑子さんと結婚しておいて、彼女を殺す。――財産は手に入るが、夫が疑われるのは避《さ》けられない。あなた方の計画は、まず淑子さんが、偽物で、本当の淑子さんを殺してすり替っていると他人に思わせた上で、あたかも彼女が自ら逃《に》げたように見せて、殺す、という手順ですね」

「そう……。巧くできてるだろう？　こっちは被害者でいられるんだ。疑われることもない。――ところが、肝心のところでしくじったんだ」

「運転手の神岡を買収して、淑子さんをさらったものの、神岡を殺している間に、淑子さんが逃げてしまった」

「そうなんだ。淑子は、真相を知って、僕に仕返しに来た。まあ、殺されたって文句は言えないがね」

田村は笑った。

それは、亜由美の見たことのない、田村の姿だった。

「田村さん。その計画を立てた『あいつ』って、誰なんですか？」

と亜由美は訊いた。

「何だ、知らないのか？」

田村は笑いながら、立ち上がった。

「君が知らないとはね……」

「誰なんですか？」

田村は口を開きかけた。——一瞬の出来事だった。

亜由美と殿永は、病室の中にいた。田村はドアの所に立っていた。

田村の背後に、突然、コートがひるがえった。

「危ない！」

と、殿永が叫んだ。

同時に、ナイフが田村の背に深々と呑み込《こ》まれていた。

田村は、目を大きく見開いて、

「淑子……」

と呟くと、その場に崩れ落ちた。

淑子が立っていた。その表情は、むしろ晴れやかでさえあった。

「死ぬときに私の名なんか呼んで……」

と、淑子は独り言のように言った。

「恋人の名を呼んで死ねば、まだ尊敬してあげたのに……」

殿永が、田村の上にかがみ込む。――しかし、とても助からないことは、亜由美にも分っていた。

亜由美は淑子を見た。淑子の頬に涙《なみだ》が落ちていた。

殿永がため息をついて立ち上った。

「彼を罰するのは我々に任せて下されば良かったのに」

「いいえ」

淑子は首を振った。「この人は――私が、生涯《しょうがい》で初めて、心から信じた人なんです。それなのに……。許せなかったんです。私自身の手で、罰してやらなくては、と……」

いつも疎外されて生きて来た娘。――その気持は、亜由美にも、分るような気がした。

最後のジャンプ

「田村さんが死んだ？」

有賀が目を丸くした。

「ええ……」

亜由美は、肯いた。「刺されたの。淑子さんに」

田村の死は、まだ公表されていなかった。

——次の日の、午後。

二人は、桜井みどりが殺された、歴史部の部室にいた。ドン・ファンが、床でのんびりと寝そべっている。

亜由美が事情を説明すると、

「あの田村さんが——」

有賀は呆然とした様子で、首を振《ふ》った。

「でも、事件は終ってないのよ」

「まだ？」

「そうよ。だって、桜井さんが殺されたのは、田村さんが犯人じゃないのははっきりしてるわ。その間、田村さんはドイツにいたんですもの」

「こっそり帰ってたとか――」

「そんなこと簡単に調べられちゃうわ。だって、田村さんがかなり衰弱して帰って来たのは事実よ。淑子さんに殺されかけたと見せるために、わざわざ血をつけた上衣を捨てておいて、飲まず食わずで日を過ごしたのよ」

「じゃ、その間、こっちで動いていた奴がいるのか」

「そう。そもそもの計画を立てた人間がね」

と亜由美は肯いた。

「誰なんだ、一体？」

「考えてみれば、分るはずよ」

亜由美は、ドン・ファンの頭を撫でた。「桜井さんが、あのとき、ここで待っていることを知って、犯人は私を偽電話でおびき出したのよ。その間、ほんのわずかの時間しかなかった」

「そうだね」

「じゃ、なぜ犯人は、桜井さんがここで私を待っていることを知っていたのか？――私は誰にも言わなかったし、桜井さんだって、そんなことを人にしゃべるとは思えないわ。そうなると、犯人は、私と桜井さんの話を、あの場で、聞いていたことになるわ」

「それじゃ、つまり、犯人は――」

「あなたよ、有賀君」

と、亜由美は言った。


有賀は声を上げて笑った。

「おい、びっくりさせるなよ！」

「本気よ、私」

「考えてもみろよ！　君が、お母さんが事故に遭ったという電話を聞いたときは、僕は一緒に講義に出てたんだぜ」

「そう。でも私は眠ってたわ。そして、電話には、直接出たわけじゃないのよ。事務の人から伝言を聞いただけだったわ」

「しかし――」

「待って。あなたは、コーヒーを持って、戻って来た。私と桜井さんは、それまで武居さんの話をしていた。そして、桜井さんは、『あの男には近付かない方がいいわよ』と言ったわ。――私は当然、桜井さんが武居さんのことを言ったんだと思ったわ。でも、実際は、あなたのことを言ってたのよ。ちょうどあなたが戻って来るところだったから、それ以上、彼女は言わなかった。そしてここで私を待っているから、と言ったのよ。あなたは、それを耳にしてしまった……」

有賀は平然として、話を聞いていた。

「桜井さんは、ゴシップにかけては、誰よりも詳しかったわ。そして、田村さんと、淑子さんの結婚についても、あれこれ訊いて回ったんだわ。その内に、どうも、あの結婚はおかしいと思い始めた。そして陰《かげ》にあなたがいたことも、耳にしていたのね。桜井さんが色々調べ回っていることを、あなたも知っていた。だから、桜井さんが私と会う約束をしているのを聞いて、何とかしなきゃいけない、と思った。――講義中、私が眠っているのを見て、あなたは教室を出て行き、赤電話で事務所へかけて、急いで戻って来たのよ。私が目を覚ましたときは、あなたは、ちゃんとそばに座っていたというわけね」

有賀は顎を撫でながら、

「しかし、僕は、桜井君を殺せなかったぜ。そうだろう。君と神田君に見られずに殺すことはできない」

「そこなのよ」

亜由美は立ち上って窓を開けた。「――桜井さんは、窓に向かって立っていたわ」

「だから？」

「そこをよく考えるべきだったのよ。犯人は窓から来たんだっていうことをね」

「空中を飛んで？」

と、有賀は笑った。

「屋上からロープを伝ってよ」

と亜由美は言った。「あなたは、桜井さんを殺す決心をして、ここへ上って来ようとした。ところが、社会科学部のドアが開いていて、目につかずにはここへやって来られない。あなたは一か八かで、山登りの経験《けいけん》を生かしてみることにしたのよ。屋上からロープをこの窓のわきに垂《た》らし、ナイフを口にくわえて降《お》りて来る。そして、窓を叩く。

——桜井さんは、何かと思ってやって来て、窓を開け、外を覗《のぞ》く。そこを一突き！

——窓は、ガタンと落ちれば、ロックされたような状態《じょうたい》になる。後は、そのまま下へ降りて、ロープを下から外す。そんなことはお手のものでしょう」

「君の想像力には、敬意を払うよ」

と、有賀は肩《かた》をすくめた。

「もう諦めて。屋上にちゃんとロープの跡も見付かったし、それに、あなたが田村さんをたきつけていたことは、田村さんの恋人も証言してるわ」

有賀はいつものとぼけた表情で、

「やれやれ、君にそこまで信用がないとはなあ」

と言った。「例のハンバーガーの店へトラックをどうやって突っ込ませたのか、君の推理を聞きたいね」

「あれは純然たる事故だったのよ。ブレーキが完全にかかっていなかったのね。でも、あなたにとっては、幸いな事故だったわ。武居さんが狙われているようにも見えるし、自分には絶対のアリバイがある」

「なるほど。それで筋は通るわけか」

「田村さんは死んだけど、あなたは自首してほしいわ」

「どうして？」

「友だちだと思うからよ」

「そいつはどうも」

と、有賀は窓辺《まどべ》に立った。「──警察が待ってるのかい？」

「この外でね。でも、あなたが進んで警察へ行くのなら、一人で行かせてくれるわ」

「そのまま逃《に》げたら？」

「無理よ」

「でもね、君の言うことには証拠がないぜ」

「調べれば、いくらでも出て来るわ。あの服を作らせたこともそうよ。あなたの顔を憶えていた店員がいるわ」

「そうか」

と、有賀は笑った。「あんまりやり過ぎるもんじゃないな」

「有賀君……」

「田村さんが、財産を継《つ》いで、その上で巧くいけば増口の後を継いで社長になれるかと思ったんだがな。そうすりゃ、遊んで暮《くら》せる。——僕は楽しく生きるのが好きだからね」

「そのために人を殺しても？」

「一度やりゃ、簡単さ」

「あなたが言ったこと——あの別荘で、淑子さんがあなたの所へやって来たというのは嘘《うそ》ね」

「うん。逆《ぎゃく》なんだ。僕が彼女の所へ行った」

「どうして？」

「もちろん追い返される。でもね、そんなことがありゃ、翌日顔を合わせたくないだろう。だから、僕らが起き出さない内に出かけると思ったんだ。巧く行ったよ」

神岡が、淑子の部屋から出て来たのは、次の日のことを指示していただけなのだろう。

「それに、君に、彼女が偽物だという印象を植えつけようとも思ってね」

「あの服は——」

「まずかったよ。新しい服と取り替えたのはいいけど、前の服を持って遠くまで行くのが大変だと思って、近くへ埋めちゃったんだ。それをそのワン公が見てた。あの林の中を探《さが》しているとき、君は、そのすぐそばにいたんだ。茂みで音がしたろ？　そいつだったのさ。僕は、誰かに殴られたふりをして、そのワン公を追っ払った。しかし、あの邦代って子に見付かるとはね」

「もう一つ教えて」

「何だい？」

「あのシェークスピアの絵葉書は？　何の意味なの？」

「あれか」

と有賀は愉快《ゆかい》そうに言った。「田村さんへ言っておいたんだ。何か意味ありげな葉書を寄こしておいてくれってね。田村さんのアリバイにもなるし、ともかく、彼が生きているかどうか分らない、中途半端な気分に、淑子さんを置いておく必要があった。田村さんが、たまたま〈シェークスピア〉劇の劇場であの絵葉書を買ったんだよ。しかし、シェークスピアは正体の分らないところのある作家だからね。あれにはふさわしかったかもしれないね」

有賀は窓枠にヒョイと腰《こし》をかけた。

「どうするの？」

　と亜由美は言った。

「逮捕されて監獄行きなんていやだね」

　と、有賀は言った。「僕は楽しく生きる主義だ」

　不意に、有賀の姿が消えた。

「有賀君！」

　亜由美は窓辺に駆け寄った。――有賀が、大の字になって倒れているのが、見下ろせた。

「有賀君……」

　クゥーンと、ドン・ファンも窓から首を出して、低く鳴いた。

　ドアが開いて、殿永が入って来た。

「殿永さん……」

　殿永は窓から下を見て、

「証拠はほとんどなかったんです。しかし……」

　と、呟くように言った。

エピローグ

大学のキャンパスは、いつもの通りだ。

昼休み。——学生たちはおしゃべりに余念《よねん》がない。

しかし、亜由美は一人で芝生に座って、まるで見も知らぬ世界にいるような気がしていた。

傍《かたわら》には、ドン・ファンが寝そべっている。——事件のことも、もう学生たちの話題から消え去ろうとしていた。

亜由美は、何だか、突然、冷たい現実と顔をつき合わせて、そのショックから、まだ立ち直れないでいたのだ。

大学、講義、クラブ……。

何もかもが空しく思える。——あんな経験をした後では、まるで子供の遊びのようだ。

武居が、遠回しに、付き合ってほしいと言って来たが、それも断った。増口からの謝礼も、返してしまった。

もう、早く忘《わす》れたいのに、一向に亜由美の中から、重い鉛のような苦さは、出ていかないのだった。

この事件で得たものなんて、一つもない、と亜由美は思った。——失うばかりだった。

「あ、そうか。お前がいたわね」

増口に言って、ドン・ファンだけを、もらうことにしたのだった。

「亜由美、元気ないね」

と、声がして、聡子が隣に座った。

「聡子か」

「しっかりしなさいよ。亜由美らしくもない」

と聡子は言った。「でも、私もがっかりだわ。推理はみごとに外れたものね」

「え？　——ああ、桜井みどりさんの殺された件ね」

「そう。社会科学部に犯人がいると思ったんだけどなあ。——あ、そうだ。あのことだけ未解決よ。私と亜由美が殴られて気を失ったこと。あれ、誰だったのかしら？」

「あれは事件と関係なかったんじゃない？　何しろクラブ棟にあなた一人しかいなかったのよ。不心得者があなたを襲おうとしても、不思議はないじゃないの」

「そうか。やっぱり美女はつらいわ」

と聡子が真面目な顔で言うので、亜由美は笑い出してしまった。そして、ふと気が付くと、

「あら……。ドン・ファン！」

いつの間にか、ドン・ファンがいなくなっている。

「――ドン・ファン！　どこなの！」

と呼んでいると、

「キャーッ！」

と女の子の悲鳴が起った。

ドン・ファンが、女子学生のスカートの中へ頭を突っ込もうとしたのだ。

「いや！　この犬！」

女の子たちが逃げ出すと、ドン・ファンはますます面白がって追いかける。

それを見ている内に、聡子と亜由美は笑い出した。

――キャンパスに、ドン・ファンの吠《ほ》える声と、女の子たちの悲鳴と、そして亜由美たちの笑い声が響き渡った。

解説

郷原宏
（文芸評論家）

赤川次郎氏は日本一忙しい作家です。「三毛猫ホームズ」「花嫁」「幽霊」など、全部で二十九種類のシリーズ作品を書き分け、その著作は単行本だけでまもなく六百冊に達しようとしています。六百冊といえば、毎週一冊のペースで読み続けても、読み終わるのに約十二年かかるという膨大な数量です。自慢するわけではありませんが、私はそのすべてをほぼリアルタイムで読んできました。赤川氏の読者もまた、日本一忙しくて幸せな読者なのです。

赤川氏のシリーズ作品のうち最も数が多いのは「三毛猫ホームズ」シリーズで、すでに五十冊を超えています。コナン・ドイルの「シャーロック・ホームズ」シリーズは長短合わせて六十篇、邦訳の単行本でちょうど十冊ですから、「三毛猫ホームズ」は少なくとも数量の上では本家をはるかに凌いでいることになります。

二番目に数が多いのは「吸血鬼」シリーズの三十三冊、三番目は「花嫁」シリーズで二〇一六年十二月には三十冊に達し、以下「杉原爽香」「三姉妹」「幽霊」シリーズと続きます。二〇〇四年に『鼠、江戸を疾る』でスタートした初の時代小説「鼠」シリーズもすでに九冊（二〇一六年十一月現在）を数えています。これらのシリーズは、どの一つをとっても他の作家の一生分の仕事に相当するといっていいでしょう。

　しかし、私たちがほんとうに驚かなければならないのは、その作品の数量ではなく、文学的な質の高さです。その証拠に――といってはおかしいかもしれませんが、赤川氏は二〇一六年四月に単発作品『東京零年』で第五十回吉川英治文学賞を受賞しました。吉川英治文学賞はエンターテインメントの分野では最も権威のある文学賞として知られています。そこでは赤川作品の文学性が高く評価されたことはいうまでもありません。

　さて、この『忙しい花嫁』は「花嫁」シリーズの記念すべき第一作です。「週刊小説」誌の一九八二年八月二十七日号から十月二十二日号まで九回にわたって連載されたあと、八三年一月にジョイ・ノベルスの一冊として実業之日本社から刊行されました。赤川氏にとって三十五作目の長篇小説で、ちょうど六十冊目の著書でした。

　当時、実業之日本社にはまだ文庫がなかったので、八六年九月に角川文庫に「嫁入り」しましたが、このほど三十年ぶりに「里帰り」して実業之日本社文庫に収まることになりました。ただし、「里帰り」したのは『忙しい花嫁』という作品であって、ヒロインの塚川亜由美嬢ではありません。読者にとってうれしいことに、彼女は三十年たった今もまだ大学生のままなのです。

「花嫁」シリーズには、いくつかの注目すべき特徴があります。シリーズものといえば

「シャーロック・ホームズ」「ブラウン神父」「名探偵ポアロ」のように主人公の名前を冠するのが一般的で、赤川氏のシリーズの多くもその形式を踏襲していますが、「幽霊」シリーズとこの「花嫁」シリーズだけは、人名ではなく事件名がそのままシリーズタイトルになっています。

さらにいえば、「幽霊」シリーズではまだしも多様な事件や題材を扱うことが可能ですが、「花嫁」シリーズでは花嫁とその周辺で起きる事件に題材が限られるので、同一キャラクターによる連作には大きな制約がともなうはずです。ところが、この作家はなにごともないように軽々とそれをクリアしてみせるのですから、その創作力には改めて舌を巻かずにはいられません。天才という言葉は、こういう作家のためにあるのだといっていいでしょう。

では、「花嫁」シリーズは、赤川氏の全作品のなかで、いったいどんな位置を占めているのでしょうか。赤川氏の作品は一般にユーモア・ミステリーと呼ばれていますが、その内容はけっして一様ではありません。ここではそれを大きく三つのジャンルに分けて考えてみたいと思います。

第一のジャンルは、主として学園を舞台に女子高生の活躍を描く青春ミステリーです。このジャンルはさらに『死者の学園祭』『赤いこうもり傘』『幻の四重奏』などに代表される女子高生探偵もの、『吸血鬼はお年ごろ』『吸血鬼株式会社』『吸血鬼よ故郷を見よ』などに代表される吸血鬼もの、そして『セーラー服と機関銃』『青春共和国』などに代表される冒険活劇ものの三系列に分類されます。中学生を主人公にした『僕らの課外授業』や女子高生の成長過程を描いた『早春物語』なども、この青春ミステリーに含めていいでしょう。このジャンルは、明朗・快活・清潔という赤川ミステリーの特色が最もよく生かされたジャンルであり、他の作家の追随をゆるさぬ独自性をもっています。一九八〇〜九〇年代に巻き起こった赤川次郎ブームは、明らかにこのジャンルの若い読者層によって支えられていました。将来の文学史家は、二十世紀末のこの時代を「赤川次郎と青春ミステリーの時代」と名づけることになるかもしれません。

第二のジャンルは本格推理です。これはもちろん推理作家赤川次郎氏の表看板ですから傑作、話題作がたくさんあります。そしてこのジャンルもまた、形式や内容によって三つの系列に分類することができます。

その一つは「三毛猫」「幽霊」の両シリーズに代表されるパズラー、すなわち謎解き小説です。パズラーといえどもユーモア・ミステリーであることに変わりはありませんが、そのなかでも特に密室、アリバイ崩し、一人二役といった本格志向のつよい作品——昔風にいえば純粋本格系の作品群です。

もう一つは、本格は本格でも、事件よりも探偵役のキャラクターのおもしろさに主眼をおいた作品系列です。泥棒と刑事の夫婦を主人公にした『盗みは人のためならず』以下のシリーズ、警視庁の迷惑男・大貫警部の迷捜査を描く『東西南北殺人事件』以下の四字熟語シリーズ、マザコンのエリート刑事の推理を描く『マザコン刑事の事件簿』以下のシリーズ、精神病院第九号棟の仲間たちによる『華麗なる探偵たち』のシリーズ、ユーモア・ピカレスクの秀作『ひまつぶしの殺人』以下の「早川一家」シリーズは、すべてここに含まれます。『三姉妹探偵団』シリーズは、前記の青春ミステリーと、この本格派第二系列の中間に位置する作品とみていいでしょう。

三つ目はサラリーマンやOL生活の哀歓を描いた生活ミステリーともいうべき作品系列で、『上役のいない月曜日』『一日だけの殺し屋』『昼下がりの恋人達』『サラリーマンよ悪意を抱け』などの短編集があります。団地生活をテーマにした『こちら、団地探偵局』や『ホームタウンの事件簿』も、このグループに含めていいでしょう。これらの作品には団地住まいのサラリーマンだったころの作者の実体験が反映されており、他のシリーズにはあまり見られない、ほろ苦いユーモアが感じられます。

第三のジャンルは、戦慄と恐怖を主眼にしたサスペンス・ホラー・パニック・冒険小説などの作品群です。このうちサスペンスには初期の傑作『マリオネットの罠』をはじめ、『招かれた女』『土曜日は殺意の日』『ポイズン・毒』『黒い森の記憶』などがあり、ホラー・パニック小説には『魔女たちのたそがれ』『魔女たちの長い眠り』などの「魔女」シリーズと『夜』『白い雨』などの単発作品が、そして冒険小説には大作『ビッグボートα』があります。前記の「鼠」シリーズは、正体不明の義賊の活躍を描いているという意味で、江戸時代のサスペンスと考えていいでしょう。

こうして見てくればおわかりのように、赤川氏の作品は、ミステリー小説のほぼ全分野にわたっています。そして当然のことながら、それぞれの作品は幾分かずつ複数のジャンルの要素を包含しています。

ここでは便宜的にそれを三ジャンル九系列に分類してみましたが、もちろん別のジャンルや系列に入れてもおかしくない作品があり、また正確にはどの分野にも属さないような作品もあります。そうした多種多様な作品が寄り集まって赤川ミステリーという名の巨大な山脈を形成しているわけです。この赤川山脈にどこから登るかは読者の好みと体力の問題ですが、できれば三つの峰を縦走していただきたい。そうしないと、この作家の大きさと凄さが実感できないからです。

さて、この『忙しい花嫁』は三ジャンル九系列のどこに分類されるのでしょうか。主人公が女子大生で、大学のキャンパスが主たる舞台になっているという意味では、青春ミステリーの女子高生探偵系列の延長線上にあるといえそうです。

しかし、事件の発端がホテルの結婚式場にあり、しかも犯行の動機が安サラリーマンの富裕願望にあるらしいとなれば、これは本格推理の生活ミステリー系列のバリエーションといえなくもありません。さらに少しおっちょこちょいの亜由美探偵が、女性のスカートの中が大好きな怪犬（？）ドン・ファンとともに大活躍するという意味では、同じ本格推理でもマザコン刑事や大貫警部につらなるキャラクターものの一種とも考えられます。もちろん、ミステリーは楽しんで読めばそれでいいので、ジャンルはなんだろうとかまわないようなものですが、私はこれを本格推理の純粋本格派の系列に加えたいと思います。それはこの作品が「花嫁ははたしてニセモノなのか？」という魅力的な謎を物語の中心にすえ、論理的な展開をへて意外な結末にいたるという本格推理の三原則をきちんと踏まえており、しかも最初に提出された謎が、小数点以下の余りもなく完全に割り切れているからです。それにしても、これほど由緒正しい純粋本格ミステリーが、こんなふうにおもしろおかしく読めていいものでしょうか。

赤川次郎氏の読者の辞書に、昔も今も「退屈」という文字はありません。

この作品は、
一九八三年十二月に実業之日本社よりジョイ・ノベルスとして、
一九八六年一月に角川文庫として刊行されたものです。

実業之日本社文庫　好評既刊

赤川次郎
毛並みのいい花嫁
ちょっとおかしな結婚の裏に潜む凶悪事件に、亜由美と愛犬ドン・ファンの迷コンビが挑む！「賭けられた花嫁」も併録。（解説・瀧井朝世）
あ１１

赤川次郎
花嫁は夜汽車に消える
30年前に起きた冤罪事件と〈ハネムーントレイン〉から姿を消した花嫁の関係は？　表題作のほか「花嫁は天使のごとく」を収録。（解説・青木千恵）
あ１２

赤川次郎
MとN探偵局　悪魔を追い詰めろ！
麻薬の幻覚で生徒が教師を死なせてしまった。17歳女子高生・間近紀子（M）と45歳実業家・野田（N）のコンビが真相究明に乗り出す！（解説・山前　譲）
あ１３

赤川次郎
花嫁たちの深夜会議
ホームレスの男が目撃した妖しい会議の内容とは!?　亜由美と愛犬ドン・ファンの推理が光る。「花嫁は荒野に眠る」も併録。（解説・藤田香織）
あ１４

赤川次郎
MとN探偵局　夜に向って撃て
一見関係のない場所で起こる連続発砲事件。犯人の目的とは……？　真相解明のため、17歳女子高生と45歳実業家の異色コンビが今夜もフル稼働！（解説・西上心太）
あ１５

赤川次郎
許されざる花嫁
長年連れ添った妻が、別の男と結婚する。新しい夫には良からぬ噂があるようで…。表題作のほか1編を収録した花嫁シリーズ！（解説・香山二三郎）
あ１６

赤川次郎
売り出された花嫁
老人の愛人となった女、「愛人契約」を斡旋し命を狙われる男……二人の運命は!?　女子大生・亜由美の推理が光る大人気花嫁シリーズ。（解説・石井千湖）
あ１７

実業之日本社文庫　好評既刊

赤川次郎
死者におくる入院案内
殺して、隠して、騙して、消して——悪は死んでも治らない？　「名医」赤川次郎がおくる、劇薬級ブラックユーモア！　傑作ミステリ短編集。（解説・杉江松恋）
あ18

赤川次郎
崖つぷちの花嫁
自殺志願の女性が現れ、遊園地は大混乱！　事件の裏にはお金の香りが——？　ロングラン花嫁シリーズ文庫最新刊！（解説・村上貴史）
あ19

赤川次郎
恋愛届を忘れずに
憧れの上司から託された重要書類がまさかの盗難！　新人ＯＬ・恭子は奪還を試みるのだけれど——。名手がおくる痛快ブラックユーモアミステリー。
あ110

五十嵐貴久
年下の男の子
37歳、独身ＯＬのわたし。23歳、契約社員の彼。14歳差のふたりの恋はどうなるの？　ハートウォーミング・ラブストーリーの傑作！（解説・大浪由華子）
い31

五十嵐貴久
ウエディング・ベル
38歳のわたしと24歳の彼。年齢差14歳を乗り越えて結婚を決意したものの周囲は？　祝福の日はいつ？　結婚感度ＵＰのストーリー。（解説・林 毅）
い32

池井戸 潤
空飛ぶタイヤ
正義は我にありだ——名門巨大企業に立ち向かう弱小会社社長の熱き闘い。『下町ロケット』の原点といえる感動巨編！（解説・村上貴史）
い111

池井戸 潤
不祥事
痛快すぎる女子銀行員・花咲舞が様々なトラブルを解決に導き、腐った銀行を叩き直す！　テレビドラマ「花咲舞が黙ってない」原作。（解説・加藤正俊）
い112

実業之日本社文庫　好評既刊

西村京太郎
私が愛した高山本線
古い家並の飛騨高山から風の盆の八尾へ。連続殺人事件の解決のため、十津川警部の推理の旅がはじまる！長編トラベルミステリー（解説・山前　譲）
に1 11

西村京太郎
十津川警部　東北新幹線「はやぶさ」の客
豪華車両は殺意の棺⁉　東京と青森を繋ぐ東北新幹線のグランクラスで、男が不審な死を遂げた。事件の裏には政界の闇が――？（解説・香山二三郎）
に1 11

西村京太郎
十津川警部捜査行　北国の愛、北国の死
疾走する函館発「特急おおぞら3号」が、札幌で発生した女性殺害事件の鍵を運ぶ……鉄壁のアリバイを打ち崩せ！大人気トラベルミステリー。（解説・山前　譲）
に1 13

西澤保彦
腕貫探偵
いまどき〝腕貫〟着用の冴えない市役所職員が、舞い込む事件の謎を次々に解明する痛快ミステリー。安楽椅子探偵に新ヒーロー誕生！（解説・間室道子）
に2 1

西澤保彦
探偵が腕貫を外すとき　腕貫探偵、巡回中
神出鬼没な公務員探偵〝腕貫さん〟と女子大生・ユリエが怪事件を鮮やかに解決！　単行本未収録の一編を加えた大人気シリーズ最新刊！（解説・千街晶之）
に2 8

貫井徳郎
微笑む人
エリート銀行員が妻子を殺害。事件の真実を小説家が追うが……。理解できない犯罪の怖さを描く、ミステリーの常識を超えた衝撃作。（解説・末國善己）
ぬ1 1

東川篤哉
放課後はミステリーとともに
鯉ケ窪学園の放課後は謎の事件でいっぱい。探偵部副部長・霧ケ峰涼のギャグは冴えるが推理は五里霧中。果たして謎を解くのは誰？（解説・三島政幸）
ひ4 1

実業之日本社文庫 あ112

忙《いそが》しい花嫁《はなよめ》

2016年12月15日　初版第1刷発行

著　者　赤川次郎《あかがわじろう》

発行者　岩野裕一
発行所　株式会社実業之日本社
〒153-0044　東京都目黒区大橋 1-5-1
クロスエアタワー 8 階
電話［編集］03(6809)0473［販売］03(6809)0495
ホームページ　http://www.j-n.co.jp/
印刷所　大日本印刷株式会社
製本所　大日本印刷株式会社

フォーマットデザイン　鈴木正道（Suzuki Design）

ISBN978-4-408-55324-5（第二文芸）